Philippe Sebbagh

Si peu d'amis avec un gros système nerveux et une boîte de magnésium

Roman
Aux allures de conte moderne
ou Conte
Aux allures de roman de ce matin

J'ai laissé des bouts de moi
Au creux de chaque endroit
Un peu de chair
À chaque empreinte de mes pas
Des visages et des voix qui ne me quittent pas
Autant de coups au cœur et qui tuent chaque fois
JEAN-JACQUES GOLDMAN

À nos actes manqués
JEAN-JACQUES AUSSI

« Il faut m'éditer pour être heureux. »
OU COMMENT CONVAINCRE UN ÉDITEUR (facilement)

« Tu ne crois quand même pas que je vais endosser l'entière responsabilité
de ta sexualité. »
OU COMMENT PERDRE MARIE-JOSETTE-AÏCHA (sans tarder)

Hormis la faute de goût récemment constatée (selon Marie-Josette-Aïcha et
Consensus Hebdo), cet ouvrage est d'une chasteté exemplaire, conseillé à partir
de 4 ans (et dès la naissance en milieu rural).
Ne contient pas de gluten. Ni de chat câlino-dépendant.

Bien sûr, je serai bref.
J'y veillerai personnellement.
Je serai *donc* sans concession.
Sans trou dans la cuirasse.
Sans lectrice, aussi, peut-être.

1.

Activité professionnelle : pas.

Activités : peu.

Rythme cardiaque : parfois.

Remous existentiels : discrets ou décédés, on enquêtera.

Prénom : trois lettres. Gus a de qui tenir.

Chassé en pleine adolescence, quatre ans à peine après son trentième anniversaire, par sa feignasse de mère, sous les applaudissements du père, il avait échoué sur ce canapé-lit : la concurrence ne poussait pas très fort pour l'héberger-alimenter-écouter ronfler, moins fort que sa mère pour lui montrer la sortie.

En six mois (et deux jours), il avait plus regardé la télé que moi en vingt-six ans, dormi dans des positions non répertoriées - dans le Top 150 du Guide de Survie - plus que tout mammifère terrestre (ou marin) avant de décider que l'option lit était non seulement une piste, mais aussi la seule possible H 24, 7 j/7, trois fois, cent fois, mille fois hélas.

— Jour de compote ! Quand tu es venu vivre sur ce canapé, tu as pensé à me rapporter le bocal pour ta part ?

— Juste là. Là.

— Mais tu... tu ne l'as pas lavé ?

— Non. Mais, j'ai hésité.

— Ah ? C'est bien. De... se poser la question. Bravo, mais je manque *un peu* d'imagination : qu'est-ce qui t'a retenu ? Ta zone de confort ? Une acné du pouce ? Une sinusite qui n'en finit pas ? Sache que tu peux tout me dire.

— Hier, j'ai lavé des cuillères.

— Même ça. Tu as tout à fait raison de le signaler : quand je pense que ça aurait pu passer inaperçu...

— Je sais. J'y pense aussi.

— Tsss ! Peux-tu laisser la compote tranquille ? Au fait, je t'ai acheté ta tartelette framboises avec toutes *mes* économies. Comme c'était 3,90 : j'ai posé dix centimes pour toi au salon.

Un peu plus tard : — Mais tu ne me rends pas 4 € ? — Non.

— Alors, pourquoi as-tu pris *mes* dix centimes ?

— Je sais pas. Peut-être que je ne suis pas contrariant.

— Ah si, quand même, soyons lucides.

— Mais tu comptais un peu sur ces 3 € ?

— 4 €. Non, très peu. À part ma tête, tu ne te paies jamais rien. Je plaisante. Pour 'ma tête'. Et sinon, aujourd'hui, tu as joué à cacher tous les palmiers, les Palmito ? Mais pas leur emballage ?

— Non, je les ai mangés, même si... en résumé, ils étaient presque mous, spongieux, pâteux, pas tops, patraques, un peu pénibles, presque désagréables.

— Presque merci, alors. Et puis, on peut facilement se contenter du résumé.

— Tous décevants, sans exception. Tes Palmito.

— Je rectifie : merci mille fois d'avoir testé jusqu'au dernier. Mais ne te sens pas obligé, la prochaine fois. J'imagine que l'emballage, lui, ne t'a pas déçu : tu comptes le garder ? longtemps ? Et merci de m'aider à vider le frigo toutes les douze heures, sans faiblir, mollir.

'Bilan' : Ses parents sont une Sainte, un Super-héros, et inversement.

Deux légions d'honneur, deux Panthéon, deux Musée Grévin, une bonne place dans le dictionnaire. Je veux dire : Pour commencer.

Gus avait pris définitivement ses distances avec le stress. Alors moi pas. Je m'en rapprochais chaque jour davantage. La vérité, c'est qu'un lit-canapé, on n'y est jamais entièrement préparé.

Je l'ai inscrit sur un site de rencontres pour regagner un peu de terrain dans mon salon, si ça pouvait l'amener à mettre le nez dehors : à 'Vos 3 principales qualités ?', il m'a répondu « Cool, heureux, gros dormeur », j'ai écrit « Cool, optimiste, dynamique », j'ai tâtonné avec « Top super cool, méga optimiste, plutôt dynamique », j'ai ajusté avec « Très cool, optimiste, faux mou », à 'Autres qualités ?', il a osé me sortir « Oui », pas une syllabe en rab, pour les détails j'ai dû insister, il a trouvé « Détendu, décontracté, relaxé », je lui ai demandé si c'était pour bonne conduite, il m'a dit « De toute façon, "relax", c'est mieux », j'ai dit « De toute façon, on dirait un dictionnaire des synonymes, ce n'est pas ce qu'on nous demande.

Elles savent que tu es cool, déjà, je crois que l'on peut varier, que nous... que je peux trouver mieux », il se crut autorisé à déranger la formule « Le mieux est l'ennemi du bien », je m'en serais voulu de lui épargner « Et c'est pour cette raison que tu n'as jamais essayé ? », suivi de « Ne t'inquiète pas : on a... de la marge », à 'Un défaut ?', il m'a mise à genoux avec « Honnêtement... c'est vrai. Bien vu », avant de m'achever proprement : « Tout à fait : un défaut. »

Ça m'a convaincue d'écrire « Plus dépaysant qu'un Tour Operator, en apesanteur, humour dévastateur ou dévasté, je ne sais plus », en qualités, mais aussi en défauts, puis de répondre à des messages à sa place, une fois obtenu le vide absolu dans mon esprit.

Puis, j'ai tout tenté pour l'amener à s'impliquer :

— Y en a une qui t'a écrit deux mots, mais vraiment deux mots : « ça va ? » Elle mérite une réponse ?

— Dis-lui : « Ça va. Et toi ? »

— Elle va enchaîner sur « ça va » et, là, vous aurez fait un grand pas vers la vie commune, le crédit sur vingt ans, apprendre à connaître l'autre le 36 du mois. ... Et *elle*, tu voudrais lui demander quoi ?

— ... ... Ses Palmito ?

— Laisse tomber. On va te trouver un bon asile. Loin d'ici.

— Je voulais surtout te faire rire. — J'ai vieilli d'au moins douze ans et demi, mais c'est réussi. J'ai vraiment ri. — Tu caches bien ton jeu quand tu ris.

— Et toi quand tu réfléchis. — Merci. — Avec plaisir.

J'ai eu très envie d'ajouter « caractère poétique » ou « richesse poétique ». Mais j'ai repensé au salon avant les tranchées et j'ai choisi de nous laisser une chance. De la même manière, « débilité légère » fut recalé.

Je m'appelle Justine et je ne tiendrai jamais trente-quatre ans avec *ça* dans mon salon (et mon frigidaire), dussé-je ne jamais finir en statue de cire ou en nom de square.

Non mais sans blague, qu'ai-je fait pour mériter Gus ?

Bon, ce tranchant, ce petit ton guillotine, j'en suis capable, jamais coupable. Et sans toucher à l'humeur (la mienne) dans la marge d'erreur de « jamais ».

La vérité ? Un Gus, ça ne se mérite pas. C'est juste beaucoup de chance.

Dans la foulée, notre meilleure discussion du mois (et des deux dernières décennies), où la différence entre toucher 'au' fond et toucher le fond devient une petite évidence, avec un bon microscope :

— Rassure-moi, je ne suis pas taré à ce point-là ?

— Pas loin, quand même. Un peu plus, seulement. Si ça peut te rassurer.

— Ben non. Je te préviens quand même, tu es ma meilleure amie fille. Et ma meilleure amie garçon, aussi.

— En amie labrador, je suis sur le podium ?

— Non. Pas encore. Mais truffe humide, l'œil vif, les oreilles en V, quand même. Les fondamentaux.

— Oreilles en U, non ? Ne réponds pas : c'est mieux pour nous deux, oublions vite ton labra*chat* ou ton chat*dor*, ou ton labra*pull*. Tu es mon meilleur ami d'une autre planète ; très lointaine mais pas encore assez. Ça fout les jetons. Si l'on veut bien y réfléchir un dixième de seconde.

— Tu vois, là, je ne relève même pas. Rien, pas un brin.

— Le niveau ?, non, jamais. Mais tu sais rendre le grisâtre grisant, Gus, je te préviens, et tu éveilles en moi la marâtre marrante, oui, j'assume cette phrase ; sauf après « Gus », évidemment.

— Tu observeras que je ne relève même pas. Zéro, pas un brin.

— Dis, à part ton prénom, qui t'est sans doute un brin familier, tu as compris quelque chose ?

— Oui : ta véritable nature. Ta vocation de marâtre, sans enfant à disséquer.

— Ça y est, il nous la joue verre à moitié vide. Pourtant, j'ai un doute : avec autant de vilains défauts tout moches en tête de gondole et si peu d'amis avec un gros système nerveux et une boîte de magnésium, je ne suis pas tout à fait sûre que tu aies les moyens d'être susceptible.

— Donc, tu hésites : les moyens ? pas les moyens ? ... de *petits* moyens ?

— Cette idée de marâtre copieusement frustrée, imagée à souhait, elle sort d'où ? — De ma dernière lecture.

— Non !? C'était un CE1 complètement expérimental, alors ? Ce qui expliquerait tellement de choses. À condition d'oublier que, lors des derniers soubresauts de ton abonnement pluriannuel Premium au CE1 et sa littérature traumatisante, dix fois plus trash que l'alphabet en verlan, tu aurais pu être le père débile de tes petits camarades et le mari attardé de la prof. Prof aux vertus hautement émancipatrices.

— Elle avait 64 ans. — Et alors ??? — De plus que moi. — Et... *alors* ?

— Non, ma vraie dernière lecture est encore toute chaude, c'était cette nuit, un *Télé Z* grave périmé, tout bizarre à l'intérieur.

— Y a rien de bizarre : c'était mon *Télé Zut* ! qui cale la grande armoire.

— Qui calait. Je croyais que c'était toi qui avais ajouté le u et le t.

— Et pour le point d'exclamation, tu avais aussi une opinion tranchée ?

— Oui. Mais j'avais encore misé sur toi.

— Ta feignasse...Ta mère ne voulait pas de deuxième enfant ?

— Ça reste top secret, Papa ne pouvait pas. Une quenelle avariée.

— Ça reste entre nous, là je comprends qu'ils aient misé sur toi.

— C'est gentil.

— *Gentil* ? Tu sais que tu as le chic, toi, pour trouver le mot juste.

— Ça aussi, c'est gentil. On ne me l'avait jamais dit, en plus.

— C'est très très étonnant.

Mon autre jackpot de l'amitié, Philippe, romancier en salle d'attente dont je n'ai jamais obtenu l'autorisation de lire la moindre ligne, ni un indice sur la raison de son entêtement, m'adressa un sms dont je me souviendrai :

« Bonjour Papa, J'espère que tu vas bien. »

Ça y est, j'ai deux fous sur les bras.

« On l'espère tous, tu sais. »

« Oh, Justine, pardon ! Je commets des erreurs étonnantes. »

« Le plus étonnant, c'est toujours que l'une d'elles remonte jusqu'à ton neurone. »

« Ah ? Tu es peut-être mon père, finalement ?

Dans ce cas, j'espère que tu vas bien... Papa. »

Un fou et demi. Environ. Oui, soyons objective *et* optimiste.

2.

— Il roulait trop vite ?

— Oui.

— Il s'est déporté sur la droite ?

— Oui.

— Il téléphonait ?

— Oui.

— Vous m'avez sauvé la vie ?

— Oui. Enfin, peut-être. Je l'ignore.

— Vous êtes ?

— Éprouvé.

— Joli prénom, un brin connoté, peut-être ?

— Je m'appelle Philippe, monsieur.

— Enchanté, Philippe. Merci, Philippe. Vous avez pris des risques.

— Je n'ai pas réfléchi, c'est possible, c'est normal.

— Non, rien n'est jamais normal : même un serveur au restaurant qui fait son métier à peu près correctement, ça n'a rien de normal et justifie une gratification financière selon certains usages assez communément admis.

— Ça va ?? Vous parlez beaucoup, c'est habituel ?

— Les mots viennent, me calment, m'apaisent.

— Super. C'était intéressant, en plus.

— Pas spécialement, non. Demandez-moi... Formulez des vœux, ils seront exaucés. — Oui, c'est bien, l'humour, aussi.

— Vous avez droit à dix vœux.

— Vous êtes sous le choc. — Vous me l'avez évité.

— Vous ne me devez rien. — Dix vœux.

— *Rien* hormis cette petite humeur exotique.

— Humainement réalisables.

— Ça y est, les restrictions.

— Vous plaisantez en toute circonstance ?

— Là, c'est nerveux, ça ne compte pas.

— La gratitude, le besoin de prouver sa reconnaissance, vous trouvez ça exotique ?

— Avec deux jonquilles ou des marrons glacés, un peu moins.

— Tout le monde me prend au sérieux en temps normal, et tout le monde a bien raison, je n'ai pas un caractère facile.

— Et si un vœu n'est pas réalisable ?

— Alors, vous aurez perdu un vœu.

— Si l'échec vient de vous ?

— Un vœu supplémentaire. C'est-à-dire : un vœu de remplacement, auquel s'ajoutera un vœu supplémentaire. En plus des dix. Donc.

— Oui. Donc. En plus. Donc.

— Des questions vous viennent, peut-être ?

— Oh ?... Là, ça vient doucement, quand même.

— Il me reste à... Voici... Un tuyau pour que ça se passe bien entre nous : si je vous tends ma carte, c'est pour que vous la preniez.

— Merci. En revanche, il n'y a pas... Vous savez...

— Appelez-moi Marc. — Juste un prénom ? — Page, Marc Page.

— Quand on a des parents taquins. Non, je n'ai rien dit et vous n'avez rien entendu.

— Vous ne manquez pas une occasion.

— Quand la situation s'y prête. Alors, quand la situation l'impose... Philippe Simon-Parker est mon nom au grand complet.

— Zéro problème, je me ferai une raison. Présumée exotique à juste titre : humeur bonne.

— Je favorise l'humour le matin chez les grands mammifères, mais l'après-midi, ça restait encore une hypothèse.

— Moi pas du tout. Surtout le mardi.

— 'L'humour mimétique' en tendance forte : en temps normal, je précise avant, je sévis après.

— Je commence à vous croire. Je crains le pire.

— Le pire, ce sera si *je* commence à vous croire.

Malgré un état de sidération qui avait tendance à s'accentuer maintenant que j'étais seul, je tentai de faire les courses, mais, après avoir hésité un long moment entre deux poires jumelles, je rentrai à la maison sans l'une, ni l'autre.

Fantômette accourut derrière la porte pour vérifier si c'était bien moi, puis, complètement rassurée, elle fit trois fois le tour de l'appartement pour évacuer le trop plein d'énergie joyeuse qui l'envahissait après chaque absence excédant quinze secondes. Ronronna bien fort, se frotta contre mes tibias et ses meubles favoris, réclama des caresses en échange de nouveaux accords en fa dièse, voire si bémol (au collège, j'étais dispensé de solfège, mais j'ai des notions), haussa le ton dans l'idée avouée d'influencer le responsable en chef des croquettes (ou gagner une excursion en solo dans le frigo), piqua à nouveau trois sprints avec une seule bonne raison : être une chatte.

Un an plus tôt, je l'avais adoptée via la 'Société d'identification des carnivores domestiques', ça lui faisait trois ans, en tout.

Je lui filai un bout de brie, un aperçu de gratin de chou-fleur, un opercule de yaourt gardé pour l'occasion (ce midi, pour ne pas réagir au murmure de l'opercule elle devait être dans un sommeil proche du coma ou cuver cette part de baba au rhum qui a disparu ailleurs que dans mon estomac je crois), mais elle restait en demande, très optimiste en plus. Très omnivore, aussi, salement bananivore, parfaitement hermétique à l'idée de partage : mon goûter fut un cauchemar.

— Miaou ! Miaooouuu !!

— Je sais. Moi aussi, j'aime manger. Même tranquillement, ce serait bien. Enfin, j'imagine, on n'a jamais vraiment essayé, toi et moi.

Le zeste - enfin, le reste - de banane aidant, j'avais retrouvé tous mes esprits et une petite photo de lui à la Une d'un quotidien : son nom est Jean Tigana, bien sûr, il possède la maison d'édition *Les Nul* (*Les Nouvelles urbanités littéraires*), la station de radio *Mol* (*Musique ou littérature*) et la chaîne de télévision *Dort* (*Directs ou rediffusions tardives*). Mais ce Jean Tigana n'a jamais été footballeur aux Girondins de Bordeaux, champion d'Europe avec l'équipe de France de Michel Platini en 1984, ni même joueur à Marseille en fin de carrière.

Bien entendu, il savait que je saurais, et il savait que je saurais qu'il savait que je saurais. Devrais-je l'appeler monsieur Tigana ou Marc Page ? Devrais-je l'appeler ??

Était-ce sous l'effet du choc, rien d'autre, sa folle proposition ?

Profiter de la situation, serait-ce tenable, quelle conscience s'en accommoderait à peu près ? Était-ce envisageable pour une ordure de mon espèce, attirée par la lumière, l'appât du gain, par cet espoir de pallier le manque de confiance en soi et de soldes créditeurs ?

Profiter de la situation me conduirait où ?

C'est humainement réalisable pour un éditeur de publier des livres, je pourrais le lui demander pour mes romans : quatre vœux. Être invité sur *Mol* ou *Dort* pour la promotion de romans *Nul*, ça pouvait représenter mes vœux 5 à 10.

Sur mes étagères, je saisis un livre *Nul*, *La Grèce*, collection *CQFD* (*Ce Qu'il Faut Découvrir*), c'était du travail de précision, comme ces deux romans, *L'Arriviste entre en scène* et *L'Arriviste prend du galon*, adorés seize ans plus tôt, l'année de mes douze ans. Oui, c'est ça, 28.

20 h 35 « Ah, toi, tu t'installes dans la litière à la cool ? C'est vrai qu'entre des graviers et un lit toutes options, le choix est vite fait. »

21 h 45 « Miaoouu !! Miaou ! » « Ben oui... »

« Miaoouu !! Miaou ! » « Ben non... »

« Au cas où, je répète : Non. » « Miaou ! »

« Mais, en fait, qu'est-ce que tu ne comprends pas quand je dis Non ? Tu butes sur quelle syllabe ? Ne réponds pas, il y a un piège dans la toute dernière question. » « Miaoouu ! » « C'est important, les priorités, mais il ne faut pas que ça vire à l'obsession. Fais gaffe, tu n'es pas complètement à l'abri. »

« Miaou ! » « Là, par exemple, ce n'est pas l'heure, et tu le sais. »

« Miaou ! » « Allez ! On pense à autre chose ! Pour voir ? »

« Miaou ! » « Chiante, on dirait un mot inventé pour toi. Je te propose un gros câlin, à la place. À mon avis, tu y gagnes. Et moi non. »

« Miaou ! »

« Ça y est, je fatigue. Et toi, pas du tout. »

« Miaou ! »

« Bon, ben, d'accord, jouons franc jeu : faim ou très faim ?

Je retire ma question, je rajoute des croquettes.

Je vais juste te demander de m'accorder cinq petites secondes.

Pas 'fute-fute', mais brave bête.

Je parle de moi.

Toi, c'est pire. »

22 h 55 Je m'approchai de la bête.

La bête s'éloigna immédiatement.

On ne manquait déjà pas de preuves : elle est très motivée dans tout ce qu'elle entreprend.

3.

Par de fausses rumeurs, « Elle » avait impacté les marchés financiers, bousculé des équilibres précaires, frappé les esprits.

À présent, « Elle » exigeait 750 millions d'euros en échange d'un répit aux contours fantômes, « un répit mérité » laissant place à l'interprétation de chacun, quelques milliards d'experts potentiels. Aux États de décider qui donne quoi, compte à rebours depuis une heure, durée quatre semaines, échéance fin de mois.

Anticipant les secousses de certaines valeurs boursières, actions de multinationales ou autres supports spéculatifs permettant de miser 'à la hausse' comme 'à la baisse' sur une action ou un secteur d'activité (rumeurs de défauts de fabrication chez *Boeing*), ses gains étaient déjà estimés à plus de 900 millions d'euros. Les analystes dépêchés pour l'occasion sur tous les plateaux radio-télé avançaient que le chantage était avant tout un instrument de pouvoir, la volonté de poser les bases d'un rapport de forces en sa faveur. Un raccourci pour asseoir une notoriété mondiale, aussi. La presse parlée ou écrite exprimait, imprimait, les opinions les plus alarmistes, la modération n'était plus de mise, relativiser pas d'actualité.

Un mois qui s'amorçait sous la crainte et les auspices les plus funestes, sur fond de tensions mondiales galopantes face à « Elle », ce fléau surgi trois mois plus tôt et qui portait à présent un nom, ou plutôt quatre lettres qui faisaient de la France l'épicentre supposé de ce séisme planétaire.

* * *

Pied gauche, pied droit, je retirai mes chaussettes avant de me glisser sous les draps, déloger la télécommande de sa main, baisser le son de moitié, ce qui eut le mérite de le réveiller :

— C'est toi ? C'est toi. J'ai dû m'assoupir un instant, tu crois qu'il est bientôt 18 heures ?

— 21 h 37, désolée, mais j'essaie d'imaginer à quoi peut bien ressembler la vie sur ce canap...ce lit-canapé.

— Non, c'est top que tu m'aies réveillé, comme ça je vais me coucher tôt.

— Laisse-moi deviner : tu vas changer de côté pour avoir cette sensation de te coucher ? Tu peux aussi pivoter, faire valser le drap, le pyjama, présenter ta face cachée, qu'on puisse enfin en profiter.

— Laisse-moi deviner : pas de réponse, c'est beaucoup mieux ?

— Oui. C'est très important.

— Attends, Justine, je vais m'excentrer, tu auras plus de place.

— Tu as mauvaise haleine, Gus.

— Oui, je sais. Merci. — C'est assez violent.

— Assez, oui, c'est allemand. Je teste une boisson anxiolytique. Et je suis payé pour ça.

— Mais moi non. Faudra penser à aérer régulièrement.

— C'est très très efficace. Je suis tout calme.

— Déjà que tu n'étais pas un grand nerveux...

Ce n'est pas que j'attendais une réponse, mais un ronflement encore moins. Un ronflement isolé, deux sifflements courts.

— J'ai l'impression d'avoir dormi longtemps.

— Quatre secondes. On avait bien besoin de ça.

— Évidemment : 6,50 € nets par jour.

— Sur quelle durée ? — 30 jours, je crois.

16

— Tu crois ?! — 'Ils' croient, donc 'je' crois.

— Alors, ça va être long, Gus. Surtout pour moi.

— Tu peux m'apporter une cannette transparente avec du rose à l'intérieur ? Faut pas tarder pour ma dose de 18 heures.

— Bien sûr, ils t'ont amputé d'une jambe pour les besoins du protocole ?

— Non, pourquoi ? Je peux y aller, moi aussi.

— Tu crois ? C'est adorable, je saurai m'en souvenir. Je plaisante, j'y vais. — C'est mieux. On ne change pas une équipe qui gagne.

— Dis donc, le vainqueur dictateur, y a des morceaux de fraises ?

— Non : des grumeaux. — De farine rouge ?

— Ça t'étonne ? — Un peu quand même. Mais, après ça, plus rien ne pourra m'étonner.

— Demain, je passe un entretien chez XQ.

— Non ???

— Tu as l'air étonnée, encore plus que pour la farine.

— Pour faire quoi ??

— Remplacer un pote du boulodrome.

— Et en dehors de la pétanque, il faisait quoi ?

— En fait... je ne sais pas exactement.

— En fait, tu ne sais pas du tout ? — C'est ça.

— Finalement, je relativise beaucoup l'originalité de la farine rose.

— Rouge.

— Tu t'es préparé ? Je peux t'aider ?

— Non, je me détends, ça devrait suffire.

— Tu aurais dû attendre après-demain pour l'ablation complète du cerveau. Surtout que, dans ton cas, c'est une opération qui se case *facile* entre deux rendez-vous.

— Le gros problème, c'est que c'est le matin.

— À 14 heures ?

— Pire : 9 h 55 ou quelque chose comme ça.

— Je te réveillerai. Ou quelque chose comme ça.

— Mais je te sens encore étonnée : par quoi ?

— Tout. À part « 9 h », tout.

— À peine réveillé, je risque de me rendormir.

— Non, parce que je n'ai aucune confiance en toi. C'est loin ?

— Pas trop. Trois minutes en marchant normalement.

— Ça fait deux bonnes nouvelles : en effet, « pas trop », on reste sur le même continent je crois, et tu sais faire un truc normalement. En somme, le bout du tunnel n'est peut-être plus si loin.

— Ben oui, pas de quoi désespérer. Jamais.

— Si. Toujours. Tu es désespérant. C'est même ta signature. À propos, ça bouge un peu sur ton site ?

— Je crois que c'est à toi qu'il faut le demander. Tatiana t'aime beaucoup.

— Moi aussi. C'est ma préférée. Fatou en 2.

* * *

Je me glissai sous les draps, le son de la télé s'estompa à moitié alors que j'épousais une rigidité avec ma fesse gauche ; sensible au calme, il se réveilla :

— C'est toi ? C'est toi. Tu crois qu'il est bientôt 18 heures ?

— Alors ??? — Il est 18 heures, c'est ça ?

— Oublie tes grumeaux et dis-moi pour XQ !!

— Je débute lundi, à 9 heures précises.

— C'est... ahurissant !! — Tu disais ? — Génial ! C'est ça que je...

— Disais. En tout cas, 9 heures précises.

— Ça m'étonnerait beaucoup : dans le boulot, les horaires c'est 'environ'.

— Honnêtement, tu passes ta vie à être étonnée.

— Oui. Depuis que tu passes ta vie sur mon canapé.

— Parce que tu établis un lien ?

— Pas toi ??? Pardon ! Je retire deux points d'interrogation, minimum. Le 3ème aussi, ceci n'est plus une question. Sinon, vous avez parlé de quoi ?

— Deux-trois bricoles, c'est dur à dire.

— Je te rassure, c'est dur à entendre, aussi. Je tente quand même : tu vas faire...? Non, dis-moi juste combien tu vas gagner.

— La moitié de John.

— C'est-à-dire ?

— Je gagnerai très précisément, à la virgule près, la moitié de John.

— Et c'est bien, ça ? — C'est dur à dire.

— Tu ne sais pas combien c'est payé ? — Non.

— Tu n'as aucune idée de ce qu'ils te proposent ? — Aucune.

— Pas la moindre idée de ce que gagnait John ?

— Il m'a dit qu'il démissionnait parce qu'on lui proposait 15 % de plus ailleurs, une jolie histoire de 'nez postiche avec un coussin'.

— De népotisme avec un cousin.

— Oui, il m'a demandé si j'étais Ok pour le remplacer, j'ai dit Banco : il a promis d'appuyer très fort ma candidature, de me recommander chaudement auprès de sa direction.

— Ah oui ?? Je comprends mieux. — Mieux quoi ?

— Rien... Un détail. Et... vous êtes un peu amis, c'est ça ?

— On a rigolé plus d'une fois, mais s'il ne vient pas faire du sport en même temps que moi, je n'ai aucun moyen de le joindre.

— Avec Facebook, Google, un indice peut suffire.

— Je sais pourquoi il m'a mis sur le coup : il trouve que j'inspire confiance.

— C'est intéressant comme info, mais léger sur Google.

— Je suis paresseux du citron, pas taré.

— Pas totalement. Est une hypothèse. Même sans le grand sportif, ton salaire, tu finiras bien par le connaître. Et quand l'on saura ce que tu dois faire, on se fera une idée. D'ailleurs, tu es payé le combien ? D'ailleurs, je retire ma question. En revanche, tu as une idée du type de contrat ?

— Non, la durée elle-même est indéterminée, John m'avait prévenu.

— C'est génial.

— John m'avait dit : six mois de période d'essai.

— C'est cuit.

— Sinon, John avait eu le temps de me refiler des indices pour retrouver une nana des ressources humaines qui arrondit ses fins de mois en vendant aux nouvelles recrues la copie DVD de leur entretien d'embauche.

— Non ??? T'inquiète : je ne suis pas étonnée. Les indices, c'étaient quoi ?

— Ses cheveux. Son prénom. Et son nom.

— D'accord... C'étaient de bons indices. — Oui.

— Et elle demande combien ? — 50 €.

— Tu avais de quoi payer ? En dix fois sans frais ?

— J'avais quatre centimes, un Kinder Bueno et un demi Kit-Kat.

— Et elle a dit oui ?

— Non, pas tout de suite. Mais, après, l'échange incluait aussi un Bounty entamé. Et comme c'est illégal, elle a cru que je voulais la faire chanter.

— En tout cas, avec toi, elle ne risque pas d'arrondir ses fins de mois. Mais ses formes, oui, peut-être.

— C'est peu probable : le Bounty était, tout de même, très entamé.

— Toi aussi, tu es peu probable et déjà très entamé.

— Y a plus qu'à appuyer sur lecture.

— C'est merveilleux. Et je ne suis pas étonnée.

DVD « — Panaro, je serai bref. John a dû être suffisamment clair, je ne vais pas vous ennuyer en répétant tout ce qu'il a si bien dit.

— En même temps, je m'ennuie rarement. Ne vous en faites pas pour ça.

— Ici, vous n'en aurez pas l'occasion. John nous a dit à quel point vous êtes imperméable au stress à la pétanque, ça nous plaît beaucoup. C'est pourquoi vous inspirez autant confiance, selon lui, c'est parfait. On le sait, les boules ne trompent pas une D.R.H. à la pointe.

— Et vous l'avez cru ?

— Nous l'avons même remercié.

— Je croyais qu'il avait démissionné.

— En revanche, ici, l'humour c'est *tout juste* en option, c'est très facultatif. Maintenant que vous savez tout...

— Pas... tout...

— Pour le salaire, soyons très précis : nous vous donnerons la moitié de ce que gagnait John. Alors, bienvenue chez XQ !

— Pardon ?

— Bienvenue chez XQ ! Disais-je.

— Mais pareillement. Enfin, je... m'comprends.

— On vous attend lundi, à 9 heures précises.

— Précises ? — Oui. — Oui. — On va en rester là.

— À lundi quand même ?

— Il nous avait caché votre humour. Comme quoi, John ne dit pas tout...

— Non... Pas tout.

— Sur ce, à lundi !

— 9 heures précises. Pas de regrets ? On reste là-dessus ?

— Si vous êtes en avance, on ne vous en voudra pas.

— C'est vraiment gentil. Et je saurai m'en souvenir.

— Cette fois, au revoir.

— Pareil. »

— Alors ?

— Je ne suis pas étonnée, promis. Mais j'en suis proche, je me retiens.

— C'est fou c'que c'est court. Ça ne valait pas 50 €.

— Ça ne valait pas un Bounty entamé : elle s'en sort bien. Et il faudra arrêter les grumeaux. Ton haleine actuelle dans un climatiseur, je demande à voir ; ce sont des cas de suicides à la pelle et des vocations pour l'absentéisme chez les survivants ; ceci dans l'hypothèse la plus optimiste.

* * *

— Ta première journée ???

— Génial. Mais j'ai eu un peu de retard.

— C'est à trois minutes à pied, tu t'es foulé la cheville à quel moment ?

— Non, je me suis endormi au kiosque à journaux.

— Tu lis la presse ? Télé Loisirs ?

— Non, je manquais de Bounty.

— Tu leur as dit ça, à eux aussi ?

— Non, je ne vis pas sur une autre planète.

— C'est bien imité. C'est rudement bien imité.

— Mais douze minutes, c'est quoi ? c'est rien.

— Le premier jour, c'est déjà bien, tu sais. Sinon ?

— Ça va. Rien *de*... Mais j'ai été augmenté.

— Le premier jour, c'est déjà bien, tu sais. Sinon ? D'autres anecdotes sans saveur ?

— Tu vas être étonnée, j'ai fait une blague qui a bien tourné : comme ils avaient oublié de me prévenir que mon entretien d'embauche serait filmé, j'ai fait... j'ai fait l'idiot en disant que « si je mettais mon avocate sur le coup, on pouvait les mettre à genoux ». Et là, ils ont eu peur, ils m'ont proposé une augmentation.

— En période d'essai ?

— Ah non. Je ne suis plus en période d'essai : ça a été dur, mais ils ont réussi à accélérer le processus.

— Ah ? Ils ont réussi à *bien* accélérer, alors.

— Ça s'appelle 'valider un CDI'.

— Au Pays de Candy ou des Naïfs Géants, oui, et Vladimir Poutine est câlino-thérapeuthe le week-end. Sinon, ça s'appelle un miracle, une première dans l'Univers, un mystère à éclaircir. Et tu vas gagner combien ?

— Pareil que Jimmy.

— Je me doutais que j'allais regretter cette question. J'en tente une autre : Jimmy, tu n'as aucune idée de combien il gagne ?

— Non. Si. Entre les deux. — C'est-à-dire ?

— Je sais qu'il gagne plus que le tiers de Jeannette.

— Pourquoi ? Pourquoi ils te disent ces choses-là ?

— Parce qu'ils m'ont augmenté deux fois, ce matin. Et la première fois, ils m'avaient dit que j'allais gagner le tiers de Jeannette. Très précisément.

— Évidemment. J'aurais dû y penser ; dans un monde parallèle. Mais tous ces gens-là avaient leurs dernières fiches de paie placardées sur les murs ? avant ton arrivée ?

— John était syndicaliste bavard et tous lui doivent leur salaire, y a que toi et moi pour qui c'est du chinois. Ah, ils disent que John va laisser un grand vide.

— Et ils ne savent pas encore à quel point.

— Mais tu ne demandes pas 'Pourquoi deux fois' ?

— Je ne sais pas. J'hésite. Vas-y quand même.

— J'ai négocié. — ... ... Pourquoi ?

— Parce qu'ils m'avaient « proposé » l'augmentation.

— Normal. C'est le business. On est en 2010. Ton travail consiste en quoi ?

— C'est encore flou. L'idée que John est censé m'avoir tout dit a la peau dure. Là, je suis à l'accueil pour me familiariser avec tout le monde.

— Essaie de ne pas arriver après tout le monde, alors.

— Très drôle. Je dois aussi annoncer les visiteurs.

— Oui, je sais. Agent d'accueil, j'en ai entendu parler.

— Jeannette répète : « Chez nous, il ne faut pas s'endormir. »

— Ça va être dur. Alors. Mais, fé... félicitations... pour ton CDI validé et tes deux augmentations de la journée, en brillant bilan.

— Donc, voilà. On s'en fait toute une montagne, et puis voilà.

— Tu blagues, là ?

— Oui. Justement, ils disent que je plaisante beaucoup.

— Mais, toi qui as l'humour d'un Bolivien de 8 ans, avec eux, tu plaisantes ?!

— Ils prennent *tout* pour de l'humour et, les rares fois où je blague, ils se crispent.

— Bon, ça se fête ? Quand même ?

— Ben, ce sont mes premières augmentations. Méritées ou pas.

— Ou pas. Ce sont tes premières heures de 'travail' aussi.

— Ça joue. Tu connais vraiment des Équatoriens de 8 ans ?

— Boliviens. Plein. Je sors le champagne ou j'ouvre le robinet ?

— Mollo avec le robinet de la cuisine, il fuit, discrètement. Et seulement si la pression est excessive.

— Ah bon ? C'est nouveau ?

— Depuis que je me suis endormi en lavant une simple tasse en rentrant du travail.

— La vaisselle, à présent ? Pense à te ménager.

— Avec mon premier salaire, j'aimerais t'offrir la visite d'un plombier.

— Non ?! Petite visite de courtoisie ou il viendra *aussi* pour bosser ?

— Aussi, et c'est moi qui paierai. Mais tu pourras participer. Si tu veux.

— Non. Merci d'avoir pensé à moi. On va juste espérer que Jimmy gagne assez pour faire réparer son robinet. Et faut cesser les grumeaux, même si ton haleine s'est miraculeusement améliorée.

— Le kiosquier avait des chewing-gums goût *neutre*.

— Tu avais de quoi payer plus qu'un Bounty ?

— Non, il m'a fait goûter et il me les a offerts ; c'était *ça* ou *banane*.

— Et tu as trouvé ça normal ?

— Tu sais, de nos jours... les gens sont gentils.

— Oui. C'est vrai qu'on peut tout simplifier à l'extrême. Aussi.

— Pardon, tu disais ?

— Des bêtises. Rien. Mais jamais *banane* aux horaires de travail.

* * *

— Alors, ta deuxième journée ?

— Tu vas rire... J'ai été augmenté.

— Incroyable... La double-augmentation d'hier ne leur avait pas suffi ?

— A priori, non. En fait, c'est tout bête : j'ai voulu en savoir un peu plus sur mon salaire, mais comme ils sont persuadés que je le connais, ils sont allés s'imaginer que mon salaire ne me convenait plus... et que je voulais négocier. C'est clair qu'ils se méfient des compétences de mon avocate.

— Rappelons que tu n'as pas d'avocate.

— Ils se méfient énormément, c'est pourquoi ils ont décidé de me proposer une rémunération plus en rapport avec mes capacités.

— Ah bon ? Et tu as accepté de travailler gratuitement ?

— Je gagnerai donc le quart de Johan.

— Tu n'as aucune idée de ce que peut représenter le quart de Johan ?

— Aucune idée. Je sais juste que c'est mieux que le cinquième de Juanita.

— Deux augmentations, c'est vraiment tous les jours ?

— Quand ils m'ont annoncé qu'ils m'augmentaient « encore », et que j'allais gagner le cinquième de Juanita, mais que là, à présent, ils pouvaient difficilement faire plus, eh bien, tu sais, je les ai sentis tout tendus, alors pour grappiller un peu de légèreté question ambiance, j'ai dit : « Allons, Messieurs, soyons sérieux ! Faites un effort. Allez ! » Et l'effort, ils l'ont fait : le quart de Johan.

— Crois-moi, à ce niveau de malentendus, XQ ne pouvait pas faire moins.

— Tiens-toi bien : ce n'est pas fini, je le crains.

— Pourquoi as-tu voulu travailler ? Tu n'étais pas bien sur ce lit-canapé ? Mon frigo te déçoit ?

— Quand ils m'ont annoncé ce nouveau coup de pouce salarial, je n'ai pas bien entendu la fin de « Bien sûr, nous savons tous que ça fait seulement dix pour cent, cette fois ».

— Eux qui ne donnent jamais de chiffres normaux, tu n'étais pas préparé.

— Alors, j'ai dit « Seulement ?! », moulinant avec la main pour les inciter à poursuivre, et ils ont cru que les « dix pour cent » ne m'avaient pas plu du tout, au point de me rendre nerveux, *moi*.

— Toi qui n'as pas de système nerveux.

— Donc, ils réfléchissent à une autre proposition. Qui pourrait me convenir. Demain, je gagnerai plus que le quart de Johan ou la moitié des trois huitièmes de Juanita.

— C'est que tu vas même finir par gagner plus que John. Avant la fin de semaine.

— Surtout que je suis arrivé à l'heure. À deux minutes près.

— Ils ont dû être contents. À deux doigts de te dire merci.

— Oui, j'ai eu droit à une gentille remarque : « Deux minutes, vous faites de gros progrès, monsieur Panaro. »

— En effet. C'est très gentil. Dans un monde au premier degré.

— Eux qui sont si nerveux, d'ordinaire...

— Ils sont d'un naturel inquiet, mon Gus. Tu n'es pas outillé pour comprendre.

— Ils ne seraient pas un peu cons ? dans l'ensemble ?

— Alors que toi, pas du tout ? dans l'ensemble ?

— C'est fou d'être à ce point... — Sur la défensive ?

— Bon, je vais faire tiédir mes grumeaux, moi.

— Riche idée si tu évites le kiosque à friandises, la petite sieste qui va avec. C'est fou d'être à ce point...

— Occupé. — Pourvu que ça dure. Sauf la farine.

— Y a pas de raisons... majeures.

— Un détail, léger : on ne sait toujours pas ce que tu dois faire.

— Chaque chose en son temps.

— Oh, ils savent très bien brûler les étapes sur tout le reste.

— Ça gagne bien, un agent d'accueil ?

— Normalement, oui. Après deux-trois chantages bien négociés.

— Ta copine la voisine m'a demandé si j'allais mieux.

— Tu as répondu quoi ? — « Je vais me renseigner. »

— Donc, elle a eu sa réponse.

— Ah bon ? Mais moi non. Tu lui parles de moi ?

— Penses-tu ! Pourquoi irais-je raconter ce que tu me fais subir depuis six mois, deux jours et quatorze heures ?

— Oui. Je me disais aussi. Et ça ne fait pas six mois ??

— Bien sûr que non, plus, on est bien au-delà, ajoute deux jours et quatorze heures inoubliables qui pèsent lourd dans le bilan hélas provisoire. Je t'épargne les minutes, les secondes, les fractions.

— Tu m'épargnes ?? — Oui. Et toi pas. La réciprocité n'a pas droit de cité.

— Pas compris. — Je plaisantais. — Ah, c'est pour ça.

— Et ta chambre-salon, tu la ranges quand ?

— Ça peut attendre mes grandes vacances ?

— Bien sûr, on n'est pas à un an près. — Super. — Et c'est bien de penser déjà aux vacances prolongées, c'est vraiment bon signe.

— C'est aussi pour ça qu'on aime travailler, pour les vacances.

— Tu peux répéter ? — Avec plaisir, mais pourquoi ?

— Parce que c'est beau. On sent le vécu. On sent bien tes grumeaux aussi, faut que tu arrêtes de les passer au micro-ondes, à mon avis le protocole n'exige pas une asphyxie complète de la population avant chacune de tes petites dégustations.

— C'est aussi pour ça qu'on aime travailler, pour les vacances.

— Merci. *Il a répété.* Le premier degré est toujours en vie.

— De rien. ... ... De rien ? ... Je tente De rien. — Bravo.

— En plus, j'ai hésité.

— Ah bon ? Pourquoi ?

4.

Le 1ᵉʳ août, le jour de mes 2 ans, mes parents font le plein de la Peugeot 504 bleue et partent en Espagne avec ma sœur, Catherine, qui a eu la bonne idée d'avoir 3 ans hier, et que j'appelle Tatie, n'arrivant pas à prononcer Cathie. Ils partent donc sans moi, le petit Philippe, qui suis confié à mes grands-parents maternels, qui m'adorent et que j'aime beaucoup. Mes parents pensent que le voyage est trop long pour moi, la chaleur trop éprouvante, ils pensent aussi que la vie à la campagne avec papy, mamie, va être une expérience tout à fait supportable pour le petit moi, et ils pensent, enfin, que les vacances en bord de mer avec moi en plus ne sont pas de vraies vacances. Il leur semble évident qu'une éventuelle tentative pour m'expliquer les trois premières raisons aurait été immanquablement vouée à l'échec ; donc pas un mot ; ils venaient alors de commettre leur première erreur.

Je ne sais combien de temps ça dure, leur absence, deux semaines sans doute, mais, dès le premier jour, chaque fois que je vois une Peugeot 504, je proclame alors dignement : « Vilain, Papa ! Vilaine, Maman ! Gentil, Papy, gentille, Mamie, gentille, Tatie ! »

Grand retour des hispanisants : « Bonjour Tatie, bonjour Mélanie ! (sa fidèle poupée) Bonjour monsieur. » « Tu ne dis pas bonjour à Maman ? » (toupet, hypocrisie, indécence : un tel sourire, ça s'encadre) « Ça ??! Maman ??! »

À six ans, je pleurais souvent la nuit dans mon lit, pensant que ma mère était une femme extraordinaire et qu'elle méritait d'être beaucoup plus heureuse.

Les raisons pour lesquelles cette injustice horrible avait lieu commençaient et finissaient par moi, avec Papa au milieu qui ne faisait pas de son mieux. Son bonheur, je m'en sentais responsable. J'étais sévère avec moi quand il s'agissait de Maman.

À huit ans et demi, j'étais un gamin conscient de beaucoup de choses, comme le sacrifice de ma mère restée avec notre père pour que ma sœur et moi ne manquions de rien, c'est un péché originel que je ne me pardonne pas, l'insuffisance du bonheur de ma mère. En plus, le but de sa vie était de devenir maman, donc ma responsabilité était doublement engagée. J'ai échoué à la rendre heureuse. Peut-être que cette envie que les autres soient heureux vient de là. Quitte à m'oublier, faute de l'avoir suffisamment fait avec Maman.

Sans surprise, quelques années plus tard, j'allais devenir un adolescent très sensible, trop sensible, un garçon peu préparé à certaines épreuves de la vie ; et entreprendre l'acte de séduction eût été l'une de ces épreuves, si je l'avais testé pour vous. Je me savais incapable de rendre une femme heureuse, je l'avais prouvé, c'était un premier mur, une forteresse émotionnelle à percer, c'était trop compliqué.

Pourtant, il y eut Isabelle Auroux. J'avais la quinzaine à portée de main et de semaines, une drôle de dégaine et certainement deux pulls en laine, mes rimes étaient mon seul et unique signe extérieur de richesse. Pour la Saint-Valentin, j'avais écrit un poème minuscule, tout court, où j'avouais mon amour, elle ne l'a jamais reçu, trop de complexes en moi pour un envoi. J'étais même si complexé face à Isabelle que je perdais mon naturel : je devenais trop ironique, j'avais le verbe dur, un peu, maladroit, ô combien : elle était persuadée que je ne l'aimais pas du tout.

Ce poème pour Isabelle, je l'ai retrouvé par hasard, deux années et demie plus tard :

Tu souris, et c'est la vie qui nous sourit

Soleil

Pour toi, je veux être beau

Je ne peux pas

Apporter chaleur et joie

Je ne sais pas

Ton sourire n'est pas pour moi

Il est si beau

Alors souris

Car tout le monde tu enchantes

Ma toute belle

La plus charmante

Je crois que j'ai pleuré, et j'en ai fait ça :

Saint-Valentin, il y a bien longtemps

Isabelle, cette lettre était pour toi

Tu souris, et c'est la vie qui nous sourit

Soleil

Pour toi, je veux être beau

Je ne peux pas

Apporter chaleur et joie

Je ne sais pas

Ton sourire n'est pas pour moi

Il est si beau

Alors souris

Car tout le monde tu enchantes

Ma toute belle

La plus charmante

Je t'aimais en silence

Passion intense

Me revient soudain la souffrance

De cet amour jamais oublié

Devant toi, Isabelle

Je n'étais plus moi-même

Devant toi, Isabelle

Simple complexe

Je vais peut-être me répéter

Je n'ai peut-être pas d'autres mots

Tu souris, et c'est la vie qui nous sourit

Soleil

Pour toi, je veux être beau

Je ne peux pas

Apporter chaleur et joie

Je ne sais pas

Ton sourire n'est pas pour moi

Il est si beau

Alors souris

Car tout le monde tu enchantes

Ma toute belle

La plus charmante

Lettre d'amour oubliée

Me replonge dans un passé

Au lourd parfum d'inachevé

Nos deux vies auraient-elles pu s'enlacer

Si cette lettre, je l'avais adressée ?

Si j'avais su te parler

Ou ne rien dire, et légèrement t'embrasser ?

Si j'étais avec toi cet idiot déplaisant

Ironique, moi, le secret soupirant

Je n'espérais que te plaire

Si, dans ton jeu, j'étais l'as de pique

En rêve, je me voyais valet de cœur

Si j'étais parfois le fou du roi

En rêve, je me voyais chevalier servant

Moi qui suis fort, très beau et séduisant

Je t'aimais en silence, passion intense

Me revient soudain la souffrance

De cet amour jamais oublié

Devant toi, Isabelle

Simple complexe

Moi, le secret soupirant

Faux apprenti séducteur

Qui reste seul avec sa peur

À qui il faudra toujours plus de temps

Pour déclarer ses sentiments

* * *

Je m'endors à la cuisine, la chatte ne perd pas le Nord, ni une miette de ce qui ressemble de près ou de loin à de la nourriture, une éclaboussure sur le mur à laquelle je m'étais habitué, par exemple, vestige de spaghettis sauce tomate, et ma religieuse au café avait eu le temps de perdre sa tête, son écharpe et la plupart de ses illusions. Je mets fin aux festivités :

« Ben oui, je suis beaucoup plus marrant quand je dors... Je sais. »

Plus raisonnable, je vais me coucher. En plein jour.

Fantômette veut sortir, je laisse le balcon ouvert, la radio allumée.

Boules *Quies* en place, le son de *Radio Nostalgie* disparaît, je dors un peu. Toute cette histoire se déroule au 2ᵉ étage et la bête n'est pas la seule à avoir su profiter du balcon.

Mon ordinateur portable est en voyage d'affaires.

Je vais de ce pas au commissariat le plus proche.

De l'autre côté de la rue.

La policière, châtain clair : — C'est fâcheux... C'est fâcheux. Cette histoire de cambriolage pendant votre sommeil, mais néanmoins diurne, c'est... — Fâcheux ?

— Oui. Je trouve aussi. Alors, sinon... un indice ?

— Oui. — Vous pouvez préciser ?

— Oui. En même temps, c'était prévu.

La châtain clair : — Prévu ?

— Prévu de préciser. — Excellent !

— Il écoute *NRJ*. — Pardon ?! — Il écoute *NRJ*.

— C'est rare comme indice, je n'vous l'cache pas.

— J'avais laissé la radio allumée sur *Radio Nostalgie*.

La châtain : — Excellent !

— Excellent ? — J'adore cette radio.

— Pendant qu'il travaillait, il a réglé la radio sur *NRJ*.

— Il a fait ça ?! Donc c'est un jeune. Ou même un très jeune. Peut-être un mineur ? Je dirais 24 à 12 ans. Maximum.

Silence.

— Un individu non-sourd attaché aux conditions de travail, mais cet indice ne nous mènera nulle part. ... ... Je dirais 24 à 12 ans.

— Ah ? Vous le dites dans ce sens-là ?

— Oui. Mais... ça n'a aucun sens.

Silence.

— Non.

La femme aux cheveux : — C'est agréable...

Encore elle : — C'est agréable de parler avec...

— Oui ?

— C'est bon de parler avec vous.

— J'ai bien compris, là.

Silence.

— Enfin, je voulais dire « Merci ».

La policière chevelue : — Je vous en prie. C'est mon métier.

— En tout cas... ça se sent... vous le faites si bien.

— Merci, c'est aussi ça, vingt ans d'expérience.

— C'est très net. Et il a volé mon ordinateur, sinon.

— Pouvez-vous m'en dire un peu plus ?

— Oui. Vous avez une chatte.

— ... ... Pouvez-vous m'en dire un peu plus ?

— Oui. Vous avez une chatte, vous aussi. Non ?

— Si c'est ça qui vous inquiète, vous paraît le plus urgent à éclaircir, débroussailler, si l'enquête prend cette direction, j'avoue. Intuition masculine ? Un berger allemand dans l'oreillette ? L'ai-je laissé entrevoir ?

— Non, rien... Mais vous avez des poils de chatte, et c'est copieux.

— Vous... Vous aimez la tarte aux poils ? Accompagnée d'un petit millésime si Corinne est contente ?

— Enchanté, Corinne. À l'occasion, c'est pas d'refus, et puis si ça rend service..., mais là, vos vêtements, là...

— Je le savais ! Je le savais. Je le... Mes excuses. G, elle s'appelle G.

— G ? — Comme Gourmande. Histoire de faire le point.

— La mienne s'appelle Fantômette. Mais je n'ai pas choisi son nom.

— Ah bon, elle l'a choisi toute seule ?

— Je suis sa seconde grande histoire d'amour. *Vous saurez donc tout.*

— Entre nous, vous, vous aviez fait le plus dur en devinant le sexe de la bête. Au doigt mouillé ?

— Non. Une chance sur deux. Ça marche parfois.

— Oui... j'imagine. ... Sur un malentendu.

Muni de mes plus belles fiches de paie, je passe à la banque pour obtenir un rendez-vous pour obtenir un prêt pour obtenir un nouvel ordinateur portable, mais ma conseillère est disponible un instant, suffisant pour me dire que mes bulletins de salaire sont un peu trop collector. Ce cambriolage, avec l'assurance qui ne remboursera rien parce que 2e étage et balcon ouvert (il me manque un étage), ça relève de la grosse tuile à l'échelle de mes finances. Heureusement, il y a *BAV*, l'institut de sondages où j'ai sévi sept ans comme enquêteur avant de cesser en douceur l'an passé : demain, je reprends du service.

Recrutement permanent, plus de bons que de mauvais souvenirs laissés.

Comme toujours, je rentre pile à l'heure des croquettes.

Enfin, c'est sa version. Dont elle a sciemment expurgé la partie supérieure de mon dessert et ma tache au mur.

Je tente une caresse à la place. Elle détale aussitôt à la place.

Ça, elle n'a pas dû déranger beaucoup l'alpiniste mélomane et boutonneux, le distraire par sa sociabilité.

Mais je me demande si elle lui a épargné le coup des croquettes, le coup du 'pile à l'heure'. Un festin en chasse un autre, dans cette maison.

* * *

19 h 30 — Ça vous arrive de replier le canapé ?

— Oui. Pour mon anniversaire. C'était son cadeau, cette année.

— Dis donc, tu es gâtée. J'imagine que, pour Gus, ça représentait beaucoup.

— Oh oui... Mais pour moi aussi.

— Comme il... on ne devrait pas éviter le salon ?

— Non, quand il ronfle comme ça, seul un jeu télé pourrait le réveiller. — Ou un enregistrement de *Télématin* ?

— Non, pas après 15 h 30. — C'est très précis.

— Gus est une vraie machine de précision. On ne sait juste pas à quoi elle sert.

— C'est embêtant. — Très. — Quel gâchis...

Trois semaines sans se voir depuis la fête pour ses 26 ans, rendez-vous avait été donné chez elle, avant le resto, qui allait commencer par être un sujet d'étonnement :

— Philippe ! Tu préfères *Chez Dino* un jour comme aujourd'hui ?!

— Demandé sur ce ton, je ferais mieux de dire non sans finasser, mais j'ai une tendresse particulière pour leur menu à 12 €.

— Pour citer les grands auteurs : « Je ne déteste pas, j'émets des réserves. »

— On parlait de ta jupe, il m'avait semblé que cette phrase pourrait t'aider.

— *Tu* parlais de ma jupe ! Et, puisque tu arrives en retard à mes anniversaires maintenant, une dizaine d'invités m'avaient vue dans cette tenue : tu croyais vraiment que j'allais me changer ?

— Présenté comme ça, c'est sûr que...

— Et tu veux le présenter comment ?

— Comme ça, c'est bien.

— De toute façon, tu n'aimes pas les jupes longues.

— Je n'y peux rien, ça me rappelle les robes, qui me rappellent ma...

Elle me stoppe net : — Je n'veux pas l'savoir ! Même si je n'ai pas l'intention d'en porter. Et même si j'ai adoré les photos de ta grand-mère. Au fait, je t'invite et tu dis Oui. Tu es content de ne pas voir Dino ? *Ma* grand-mère *à moi* disait « Je suis gaie comme un pinson ! », et j'ai envie de t'aider, Philippe, si financièrement c'est compliqué pour le moment.

— Ta grand-mère disait tout ça ? Vous avez un Philippe dans la famille ??

— Nan, après « pinson », c'est de moi.

— Je vais reprendre chez *BAV*, je dois faire face à une grosse dépense, là.

— Bien sûr, dis-moi juste pour quel montant.

— Ça dépasse l'imagination.

— Le montant dépasse l'imagination ?

— Non, les mots que tu dis. — Je suis sérieuse. — Tu es folle ?

— Non : sérieuse. Pas folle.

— Hélas, c'est impossible : si tu es l'une, tu es l'autre, et si tu es l'autre, ça expliquerait que tu sois l'une.

— Quel pourcentage de la population francophone peut comprendre ce genre de phrases ?

— 3 % ; avec une pointe à 6 % au Sud de la Belgique.

— Je ne fais pas partie des 3 %.

— Mais des 6 %, peut-être ?

— J'habite Paris. — Paris : moins de 2 %.

— Philippe, ta question était débile, tu le sais ?

— Oui, si tu faisais partie des 6 %, tu ferais partie des 3 %.

— Si tu es d'accord pour arrêter, moi ça m'arrange.

— Merci. — Super. — Ouf.

— Quand je pense que j'adore parler avec toi...

— N'y pense plus, ne pense plus à m'aider, ne pense plus à rien.

— Ah ! Quand tu ne joues pas les débiles, j'ai oublié de préciser.

— Sur le site de *L'Équipe*, il y avait des échanges sur le plafonnement des salaires dans le football européen, à l'image du basket américain : un Internaute hostile à cette idée a écrit « Moi je suis pour le plafonnement de la connerie », ce qui lui a valu, en guise de première réponse, « Pour ton cas, ça serait un sacré coup de rabot ».

— Et j'avais manqué ça...

— Je viens de faire le point : aucune trace de grosse dépense à venir : c'était un point vraiment très intéressant.

— Mais des traces de *BAV* ? — *BAV* s'était faite discrète, ce sera moins le cas quelque temps. — Tu n'as que *ta BAV* aux lèvres...

— À la prochaine, je porte plainte.

— Tu t'en prendrais à un pinson ?

— Oui. De toute façon, j'ai la *S.P.A.* sur le dos. Dis-moi : Gus ?

— Peux-tu affiner ta question ? Même très peu, ça m'aiderait.

— C'est normal qu'il dorme autant ?

— Oui, il a travaillé aujourd'hui.

— J'ai bien fait de demander, je n'aurais jamais deviné.

— Ben, je t'en aurais parlé, quand même.

— Tu crois qu'il va recommencer ?

— Je le crains. Il y prend goût, l'animal, il y dort très bien.

— À part donner l'exemple, il y fait quoi ?

39

— Il obtient des augmentations. Dans un monde parallèle où son avocate est la terreur des tribunaux. Tu veux un Doliprane ? de l'alcool ? une corde ? un tabouret ? — Non, pourquoi ? — Parce que moi, si. — Il a une avocate ??

— Si tu connais une baveuse avec tous ses diplômes qui se fait payer en barres chocolatées neuves ou d'occasion, ma réponse changera peut-être. Le Doliprane et la corde sont là, si ton état le nécessite.

— Mais pourquoi font-ils grimper son salaire ? Il l'a un peu mérité ?

— Prends un comprimé, quand même, c'est plus prudent.

Après 'Kafka entre en scène', nous allions fêter la bonne nouvelle du matin. *Elle* avait reçu une réponse favorable de *France 2*.

Elle intégrait l'équipe rédactionnelle du journal de 20 heures de la chaîne, début de semaine prochaine, période d'essai sur trois mois reconductible une fois.

Elle rayonnait. *Elle* souriait tout le temps, sauf si elle riait.

Pourtant, je crois bien n'avoir pas été drôle une seule fois.

Elle allait rencontrer David, *elle* allait serrer la main de David, travailler, boire un café avec Lui, *elle* allait aussi touiller avec David.

Oui, il paraît que David Pujadas touille son café, en 2010.

— Mais tu sucres ton café, toi, parfois ?

— Non, répondit-*elle* très tranquillement. Mais c'est l'occasion de s'y mettre. — Bien sûr.

Bien sûr, rien sur cette Terre ne m'aurait semblé plus stupide, à cet instant précis, que d'avaler du sucre en poudre pour touiller avec Pujadas.

J'ajoutai : — Il y a des coups de rabot qui se perdent.

— Et toi ? demanda-t-*elle* à 21 h 59. Si je donne le feu vert, tu n'as toujours que ta *BAV* aux lèvres ?

— Ça t'amuse à présent ? Tu as beaucoup changé depuis 19 h 30.

Je ne *lui* parlai pas de l'auditeur de *NRJ* :

— Aucun projet de café sucré et Fantômette mange mes plus belles bananes sans lever la truffe, ni penser à fléchir, mais le ciel est bleu, le Soleil brille, le jour se lève, tu sais ? ... C'est prouvé.

Elle me regarda avec douceur, un temps silencieuse.

— Tu es sûr ? ... ... Fatigué, peut-être ?

— Un peu. ... Pas trop, répondis-je à 22 h 01.

— ... Tu... Tu es sûr ?

— Oui. Fantômette est folle. L'égoïsme n'est qu'une façade, un leurre pour les gogos. Et je le prouverai.

Elle effleure ma main, qui n'a rien demandé, et c'est à la fois comme du miel et un café sans sucre pour Pujadas.

Elle s'appelle Justine.

(Et c'était mon vœu numéro 1.)

5.

Il me restait cinq minutes de pause sondagière quand Corinne m'appela pour m'annoncer que ~~sa chatte~~ ma chatte avait grossi.

— C'est vrai. Vous avez fait de tels progrès dans la Police ?

L'auditeur de *NRJ* s'était fait pincer. Une femme avait laissé sa radio allumée le temps de dégourdir Rikiki, un teckel nain. Le gros bosseur de 22 ans avait déplacé la fréquence sur sa station favorite : de retour sur le palier, la femme et Rikiki avaient perçu l'anomalie, prévenu les pompiers, qui avaient prévenu la Police.

Il m'avait entendu - vous aussi, vous l'avez appris par la Police que vous étiez passé dans le camp des ronfleurs ? -, alors ce grand égoïste probablement ex-gaveur d'oies bénévole a nourri la sale bête pour qu'elle cesse de miauler trente secondes, pour exercer son métier sans stress cent pour cent superflu.

— Nous serons donc appelés à nous revoir, Philippe, avait dit la châtain clair, Corinne, tarte bien fournie, breuvage aussi, selon l'hôtelière.

— C'est *super. Bien joué, Co... Cor...* — Corinne.

— ... ... Le gangster spoliateur égocentré est sous les verrous ?

— Guillotine à midi, avant l'apéro. Sa veuve est d'accord. L'ordi est en grande forme selon la stagiaire de 3ème qui a cracké votre mot de passe pour bien tout vérifier, presque trop, il est Ok pour vous revoir, en plus.

— C'est super *aussi*. Je pense que... *je viendrai.*

— On se cale sur 19 h 30 ? J'ai exigé des heures sup' pour vous.

— *Fallait pas.*

— J'ai très envie de vous revoir, Philippe. — *Oui mais moi non.*

— J'ai des choses à vous montrer, Philippe. — *Oui mais moi non.*

— Très drôle. Par votre gardienne, on a su qu'un autre escaladeur souhaitait s'introduire chez vous, nous l'avons interpellé sur le balcon occupé à tester tout son matériel du parfait bricoleur, et si votre domicile devient un lieu de passage obligé, un incontournable des cambrioleurs, on a préféré préserver l'équilibre alimentaire de la profiteuse le temps de trouver une cachette à croquettes, et là, je caresse, je caresse, c'est qu'elle en redemande, la Fantômette. *Enfin voilà.*

— Face à de tels progrès, on a du mal à suivre, tout de même : vous êtes des amis en beaucoup plus efficaces ? Et plus si affinités ?

— Je savais que vous me taquiniez, *avant.* — *Voilà.*

* * *

Si elle dévoile son nom, Justine Platini, c'est chaque fois :

« Rien à voir avec... ? » « Rien. »

L'une des rares fois où je l'ai suivie dans une soirée, elle m'a fait rire grâce à une variante : Un type, je dirais 39 ans, blond : — Un rapport ?

— Oui, parfois. Ça peut m'arriver. — Avec Michel ?

— Non, c'est fini tout ça : les Michel, les Jean-Jacques, les Bertrand, c'est de l'histoire ancienne, à présent c'est du Kevin, du Brad, du Fatou, du Fatima.

Silence chargé du côté du blond, avant : — Rien à voir avec... ? — Rien.

Je la connais depuis six ans, nous étions adhérents au même club de tennis, avec des niveaux quasi équivalents, des horaires communs, elle est devenue ma partenaire de jeu après quelques mois à découvrir à quel point nous étions un bon public pour la sensibilité de l'autre, son humour. On taquinait la balle une heure par semaine, on titillait le verbe autour d'une table du club, et l'on mesurait chaque fois l'évidence de notre amitié : elle ne cessait de grandir, nous surprendre. C'est là que j'ai appris à la connaître, la première année.

C'est fou comme je suis bouleversé par elle, quoi qu'elle dise, quoi qu'elle fasse ou ne fasse pas ; ma capacité à relativiser, réduite à sa plus simple expression.

Philip Roth a décrit cet état d'une phrase si parfaite :

Il n'y avait rien qu'elle pût dire ou faire qui ne provoquât en moi une réaction disproportionnée.

C'est beau comme du Guillaume Musso.
Environ.

Mais dis-moi, tu lis un peu, parfois ?
Tu aimes lire, c'est bien.
Quand j'étais dépress...en capacité de joie réduite, je ne lisais pas de romans. Je n'y arrivais pas, mais je n'essayais pas, non plus. Ça me paraissait hors de portée, trop long, mais c'était une époque où à peu près tout me semblait inenvisageable. Si ce n'est la douleur, qui s'étendait, prenait toute la place, chaque heure, chaque minute, chaque seconde ; pour les départager, les seules nuances d'intensité.
Je m'approchai de la bête.
Elle s'éloigna rapidement.

* * *

Ça y est, j'ai un éditeur.

44

Pas le vertige de l'aile d'un géant, mais celui né de l'envie partagée, exprimée, de grandir ensemble ; sept cents exemplaires, premier tirage.

Jamais ma mère n'aura connu le début du commencement d'une reconnaissance professionnelle qui me concernerait.

Je pleure comme un gosse.

En plus, à la radio, Yannick Noah chante « Simon Papa Tara, Oui, je sais que tu es en moi ». Déjà, quand il jouait au tennis, il me faisait chialer avec ses revers slicés abonnés à la bande du filet.

Bon, j'avais 8 ans. Et 9 ans reste une bonne excuse.

Quand il a arrêté, j'ai beaucoup pleuré.

* * *

Un mail signé Marc Page parlait de 25 000 €, cela correspondrait à un vœu, non renouvelable. Plutôt sympa, surtout si l'ordi continue à prendre des vacances, mais pas envisageable en l'état actuel de mon degré de dépravation.

Justine ? Hélas, *France 2* ne reconduirait pas sa période d'essai sur trois mois supplémentaires.

En revanche, *France 2* valida son contrat à durée indéterminée après vingt et un jours, l'humour féminin est un mystère en plus d'être un fléau.

Elle était folle de joie, débordait d'enthousiasme, vivait un rêve.

C'était une poignée de main entre professionnels, mais, face à Patrick de Carolis, PDG de *France Télévisions*, et Patrice Duhamel, directeur général de *France 2*, elle n'était qu'une gosse avec son diplôme de journaliste pas encore sec autour du cou, elle avait souligné combien elle était heureuse de cette chance qui lui était offerte, précisé qu'elle ferait de son mieux pour mériter cette confiance, ne jamais les décevoir (autant vous le dire : elle n'en aura guère le loisir).

Dans le détail, sa main était moite, mais elle serra suffisamment fort et sourit suffisamment peu pour tromper l'ennemi quant à l'assurance qu'elle avait à ce moment précis. Patrick et Patrice souriaient trois fois plus que Justine. Sans doute savaient-ils qu'ils ne seraient pas reconduits dans leurs fonctions et s'amusaient-ils du mauvais tour qu'ils jouaient là à leurs successeurs ? Me dira-t-elle, en substance, deux mois plus tard.

Mais, c'est le résultat qui compte, pensa Justine, comme Aimé Jacquet l'avait pensé avant elle un jour de 8ᵉ de finale contre le Paraguay ou un soir de quart de finale contre l'Italie.

(Et c'était mon vœu numéro 2.)

* * *

Justine a rencontré un Jérôme à son travail.

Un Jérôme Goisque, il sourit tout le temps.

Le parfait crétin. Le parfait crétin a 25 ans. Depuis trois jours.

Ils sortent ensemble. Depuis trois jours.

C'est lui qui l'a embrassée. Devant témoins. Des témoins impuissants.

Je ne suis pas jaloux, je n'ai pas ça en magasin. Oui, je suis content pour elle. Je suis ravi, limite comblé. Non, tu n'y crois pas une seconde. Toi, tu te dis « la méthode Coué a ses limites ».

Le parfait crétin. Moi. Le parfait crétin découvre la jalousie sans comprendre cette invitée surprise qui le déçoit : il tombe de haut. Le parfait crétin est désormais certain d'être le parfait crétin.

La concurrence est loin derrière.

Mais Jérôme Goisque est deuxième, facilement.

S'intéresser de trop près à Justine, s'intéresser de trop près aux yeux de Justine, s'intéresser de trop près au nez de Justine, s'intéresser de trop près aux lèvres de Justine, à ses épaules, à ses mains si féminines, à ses jambes, ses chevilles et ce qui s'ensuit, s'intéresser au plus près au son divin de sa voix divine et à tout ce qu'elle est, dit, fait, fera, dira, sera, serait, a été, *tout ça* fait de toi le parfait crétin numéro 1.

Ou numéro 2.

Ce qui l'étonne, c'est qu'il sourie tout le temps.

Du lundi au vendredi, plus les week-ends.

Elle ne réalise pas combien c'est une évidence : le crétin est en sa présence, ça vaut bien les dents blanches en toute circonstance.

En plus, son père s'appelle Francis.

Oui, le député de longue date, le ministre passé des sports aux finances, de la culture à l'agriculture, j'en oublie, l'homme à qui l'on doit tant de choses.

Tant et tant. Jérôme, notamment, le genre de type dont tu te dis qu'il mène toujours au score.

Elle heureuse, j'en concevais de la joie.

De cette joie qui dispute la première place à l'accablement ; que je ne connaissais pas seulement par elle, que je connais depuis que je vais bien, que je suis de la joie de vivre intense sur du désespoir brûlant ; 'sur les cendres du désespoir brûlant' serait plus précis.

* * *

Justine

~~J'allais Nous On allait~~ Gus allait devoir patienter encore un peu.

La flambée de son salaire avait fini par générer un bug : il avait touché 14 euros et un centime, immédiatement investis en Bounty.

Eux, qui paniquaient déjà pour un rien, avaient immédiatement revalorisé ses émoluments, lui proposant carrément un Jean-François et demi.

Apparemment, c'était ça ou un Jamel tout rond, mais ils avaient préféré ne pas prendre de risques. Jouer avec le feu, ce n'était vraiment pas leur truc.

Chacune de ses innombrables augmentations étant sans effet rétroactif, il devait aussi s'attendre à recevoir son bulletin de salaire par colis.

Pas sûr qu'il échappe à un nouveau coup de pouce salarial, il y a fort à parier que la contrainte d'aller à La Poste sera un désagrément pris très au sérieux par l'état-major de XQ au grand complet. Ils ont les nerfs fragiles et beaucoup d'épreuves avec Gus.

Ils lui serviraient bien une autre limonade, dans un monde meilleur.

Par ailleurs, Gus avait été sélectionné pour un nouveau protocole : Grumeaux roses, Saison 2, il avait dit oui. Suite à une série de malentendus, il avait même obtenu quatre augmentations en deux jours, soit un bonus de 3,50 €, le pactole s'arrondissant à 10 € par jour. Il faut dire que Gus avait de quoi les intriguer, les passionner, ignorants qu'ils étaient de son état 'dit normal' ; *enfin*, de l'ampleur de son état 'dit normal'.

Zéro surprise, donc. Puisque l'on ne s'étonne plus de rien.

Que des banalités, le pain quotidien, à becqueter.

6.

Dimanche midi.

Justine dans son salon.

Justine qui écoute JJG soutenu par l'alternance parfaite ronflements / sifflements de Gus et sa bouche en cul de poule.

Jean-Jacques Goldman chante « Elle met du vieux pain sur son balcon, pour attirer les moineaux, les pigeons », précise « Elle apprend dans la presse à scandales la vie des autres qui s'étale, mais finalement, de moins pire en banal, elle finira par trouver ça normal », s'émeut « Des crèmes et des bains qui font la peau douce, mais ça fait bien loin que personne ne la touche », « Elle vit sa vie par procuration, devant son poste de télévision ».

Je cite de mémoire, me rappelant cette chanson que j'adore et la façon dont Justine m'a raconté toute cette histoire.

On sonne.

Elle se lève, dit : « Oui ? »

« Bonjour. Je cherche Justine Platini. »

« Pourquoi ? » « Pour échanger. »

« Eh bien... *Bonjour.* Et *au revoir.* »

« Vous savez que vous disposez d'un judas ? »

« Je l'utilise le moins possible. » « Regardez. Vous voyez quoi ? »

« Jean-Jacques Goldman. Jean-Jacques Goldman tout déformé. Jean-Jacques Goldman tout déformé, qui sourit. »

Lui : « Tout déformé, c'est le judas. Peut-être. »

Lui : « C'est traître. »

Elle ouvre. C'est lui. Il sourit. Il demande s'il peut entrer ? S'il peut utiliser les toilettes ? Avec deux feuilles, s'il vous plaît ? Elle lui tend un rouleau complet (c'est jour de fête), elle flotte vingt centimètres au-dessus de la moquette, il demande si c'est normal cet air hébété ? cette bouche ouverte un peu comme celle de votre ami ?, on ne risque pas de le réveiller ? Elle ne retient pas les mots exacts, seulement le sens des phrases, elle s'imprègne de son visage, ses gestes, amples ou imperceptibles, sa voix : ne jamais les oublier.

C'est normal que Jean-Jacques Goldman sourie dans mon salon, un dimanche ?

Vous préférez que l'on se voie un autre jour ?

Non, je cherche juste à comprendre.

Pourquoi cela semble tellement vrai.

Alors que je dors à poings fermés.

Un ami à vous m'a demandé de passer.

M'a dit que ça vous ferait plaisir.

Ça vous fait plaisir ?

Ça vous fait quoi ?

Plaisir.

Je vous emmène déjeuner ?

Je suis à vous. *Enfin*, je vous suis...

Moi aussi, je suis à vous, s'amuse-t-il.

Elle découvre des émotions.

(Et c'était mon vœu numéro 3.)

* * *

50

Dimanche midi. Passée au tamis de nos mémoires, aux filtres de nos mots, et bien moulinée, c'est une histoire où ils se disent :

« Un Patrick Bruel ! Tout déf...Goldman vous a parlé de moi ?? »

« Non... Pourquoi ? Il vous a parlé de moi ? »

« Non. ... *Déjà*, ouvrir la porte ! *Il faut m'aider, aussi.* »

« C'est promis, Justine. » « Vous bluffez, Patrick ? »

« Du tout. En plus, j'ai pris mes distances avec le poker. Un ami à vous m'a demandé de passer, m'a dit que ça vous ferait plaisir. Ça vous fait plaisir ? Ou très plaisir ? » « Très, vous ne pouvez pas savoir... »

« Savoir, non, mais j'imagine un tout petit peu. »

« C'était de l'humour ? » « Un tout petit peu. »

« C'est une reprise ? » « Une reprise ? »

« Vous aviez pris vos distances avec l'humour, aussi ? »

« Vous bluffez bien, Justine. »

« Vous êtes comédien et champion du monde de poker »

Il la coupe : « Entre autres... Je vous emmène déjeuner ? »

« Oui. » « Je vous ai aidée ? là ? » « Beaucoup. »

« Mais vous n'êtes pas trop jeune pour vous intéresser à moi ? »

« Et vous, Patrick, vous n'êtes pas trop jeune pour vous intéresser à moi ? »

« Vous êtes sûre que j'ai mérité ça, moi ? »

« Je suis sûre que vous avez mérité mes excuses. »

« Et c'est quoi, cette histoire avec Jean-Jacques ? »

« Vous êtes la saison 1, épisode 2, Patrick. »

« Et le dormeur, c'est un prequel ? épisode zéro ? »

(Et c'était mon vœu numéro 4.)

Tous les garçons s'appellent Patrick.

Oui, révisons Jean-Claude Brialy pour épater les copines et les gosses.

* * *

Dimanche midi, souvenirs émus à la moulinette, ils se disent *presque* :

« Un Philippe Djian tout déf...ormé. »

« Je dors peu. Là, j'écris plus, je dors moins : il n'est pas tout à fait exclu que mon aspect chiffonné soit plus net. Si je ne souris pas, c'est mieux ? »

« Non. » « Sans le judas, c'est pire ? » « Non, ça se vaut. »

« Un ami à vous m'a demandé de passer. M'a dit que ça vous ferait plaisir. Mais je ne sais pas si... ? » « Ah si, bien sûr ! Je suis très contente ! »

« Alors... je... » « J'adore la lecture. »

« C'est vaste. Comme ce canapé-lit déployé *et* sonore. »

« J'aime qu'il y ait un travail sur le style. »

« Moi aussi. » « Je sais. Vous en parlez souvent. »

« Vous... Vous estimez que j'en parle trop ? »

« Absolument pas mon estimation. »

« Parce que si j'en parle trop, il faut me le dire. »

« Vous écrivez très bien, remarquablement bien, votre utilisation des mots est toujours précise, subtile, admirable. »

« Ah ben, ça aussi, il faut me le dire. Me le redire. »

« Vous m'emmenez déjeuner, monsieur Djian ? »

« Bien sûr, mademoiselle Platini, je vous emmène où ? »

Elle hésite, sourit. Alors lui aussi.

(Et c'était mon vœu numéro 5.)

***

Dimanche midi, tu sais, c'est resto, résuma Justine.

Avant quelques précisions :

On parla littérature avec François Bégaudeau :

« L'écrivain ne se rase qu'une fois par semaine. »

Mais, François énonça d'autres généralités :

« S'il arrive qu'un écrivain soit riche, c'est le fait d'un héritage, d'une rente, d'un Tacotac chanceux. » « Et vous ? » « Un peu de talent et beaucoup de chance. » « Au Tacotac ? » « Non. » « Et vous travaillez combien d'heures par jour ? » « Je ne sais pas. C'est difficilement quantifiable. Mais je vais essayer de bosser moins. » « C'est un objectif intéressant. » « Oui. C'est super. Je vous emmène déjeuner ? »

Bien sûr, François fait tout plein de gestes avec ses mains, quand il pârle. (Oui, François ne parle pas, il pârle ; toujours de chôses impôrtantes, avec un soupçon de préciosité ; d'ailleurs, tout le monde trouve François précieux.) François exécute quelques mimiques, aussi, à intervalles réguliers.

Mais, François énonça d'autres généralités :

« Le temps que passent les femmes à écrire, elles ne le passent plus à lire. Avant régnait une délicieuse anomalie. De même qu'en cuisine, domaine investi bon gré mal gré par les femmes, les grands chefs sont des hommes, longtemps ce truc de bonnes femmes qu'est la littérature a dû l'essentiel de ses productions à des hommes. En résumé : les hommes écrivent, les femmes lisent. Ainsi se reconstituait, via les livres, un dispositif donjuanique débarrassé des inconvénients du genre, l'homme pouvant conquérir 1003 femmes sans endurer l'embarras des pannes d'érection. Il n'avait qu'à répandre dans les librairies sa semence de papier et attendre que pousse en ses lectrices un amour aussi platonique que totalement libidineux, aussi spirituel que totalement assouvi par des masturbations impulsées par la relecture de *Madame Bovary*, où se jouait en abyme le drame d'une névrose de lectrice. Enfin, je crois. »

« Mais, vous pensez tout... ce que vous dites ? »

« Tout, je l'ai même écrit dans un excellent livre. »

« *L'antimanuel de littérature.* »

« Oui. Cet excellent livre-là. Vous blaguiez avec votre question. »

« Oui. En plus, je suis d'accord avec vous. »

« Alors, je suis d'accord avec vous. »

« Je peux... ? Je peux vous appeler François ? »

« Je vous rassure, vous ne seriez pas la première. »

« François a beaucoup d'humour, François. »

« Il vous en a fallu, du temps, Justine. Et votre créature du canapé, doit-on l'appeler Gus ou Gustave ? »

« Le mieux, c'est de le laisser récupérer. »

« Il en a besoin ? » « Là, c'est moi qui en ai besoin. »

« Je voulais vous demander : je suis votre premier cadeau ? »

« Ah, mais vous n'êtes pas un cadeau, Bégaudeau ! »

« Je préférais quand vous m'appeliez François. »

(Et c'était mon vœu numéro 6.)

* * *

Dimanche midi, le monde est Platini, Michel.

Platini contre Platini.

« Vous savez, chaque fois que je dis mon nom, on me demande :
"Rien à voir ?" »

« Vous savez, ça m'arrive aussi. De plus en plus.

Depuis les échecs de mes douze derniers régimes.

Et la réussite de mon anniversaire des 53 ans. »

« Douze ? » « Quatorze. » « 53 ? » « 54. » « 54 ? » « Ça suffit ! Et ça suffit... à mon malheur. Je suis un serial-menteur homéopathe, un vrai de vrai, jamais d'excès, zéro abus, pas l'ombre d'une plainte. »

Elle recentre le débat, verbalise l'évidence « Ce n'est pas parce que je suis de plus en plus connue, alors ? » dans une esquisse de sourire, mais l'émotion reprit le dessus, s'inscrivit sur son visage.

À chaque *fois*, à côtoyer l'irréel, une part d'elle lui échappait aussitôt, pour la laisser les sens en éveil comme une gosse en terre inconnue aux figures à moitié familières et aux allures paradisiaques.

À chaque fois, mais pas comme ça.

Son père adorait Michel Platini. L'adore encore, c'est sûr.

« Mon père », dit-elle. Michel la regardait. *(Doucement.)*

« Mon père » « Oui ? » *(Doucement.)*

« Non... Rien. » « Ah bon ? » *(Doucement.)*

Elle voulut sourire. Il sourit doucement.

« Vous êtes plus jeune que mon père. »

« Je ne pensais pas que quelqu'un pouvait être plus âgé que moi. »

« De peu... » « J'imagine. »

« De très peu. » « Je préfère. »

(Et c'était mon vœu numéro 7.)

Si je dilapide ?

Qu'ai-je fait pour mériter ça ??

Qu'ai-je fait pour mériter quoi que ce soit ?

Que suis-je pour mériter quoi que ce soit ?

J'ai saboté si souvent, je dilapide, cette fois.

Pourtant, ce n'est pas ma planche que je savonne là.

Mais Justine a-t-elle besoin de moi ? de lui ?

* * *

Justine se disait que Jérôme était plein de ressources.

Attentionné, imaginatif, efficace.

Discret.

En un mois, elle avait rencontré cinq célébrités parmi celles qu'elle admirait le plus, elle osait à peine dire encore qui elle appréciait, de peur que Jérôme ne se sente obligé d'organiser la rencontre sous huit jours. Ou minimisait aussitôt, jusqu'à leur trouver tous les défauts.

L'aura de son père, qui scintillait à droite comme à gauche de l'échiquier politique, avait dû servir les desseins de Jérôme, mais Justine ne pensait pas qu'il fût intervenu directement, son seul nom valait tous les sésames pour que son fils gagnât l'attention de ses interlocuteurs.

Même si, depuis trois semaines, son judas déformait le *seul* palier, elle s'habillait encore de jolies tenues, un peu à l'avance, *lui* laissait deux heures pour arriver ; puis elle déjeunait sans Benjamin Biolay, ni Agnès Jaoui, les deux favoris de ses pronostics.

Bien sûr, Jérôme démentait : ni lui, ni son père...

Bien sûr, le secret faisait partie du jeu, la modestie, aussi.

Alors, elle l'aimait d'autant plus, elle évitait le sujet.

Au petit matin des rêves, tout est permis, je décolle alors que sa main vient sentir la mienne, me donne le vertige :

Sensation inconnue

douce et brûlante

bouleversante

magique

Je me réveille par erreur :

la retenir, la choyer, la prolonger

Destination inconnue

J'atterris le nez dans mon café

7.

« Elle » n'avait reçu aucune autre réponse que le refus absolu du chantage, version officielle déclinée dans toutes les langues, sur tous les plateaux, toutes les tribunes. Question de principe dont seule l'intangibilité serait le rempart à l'escalade et à l'irruption, l'éclosion, des vocations.

« Aujourd'hui, le doute n'est plus permis, il est obligatoire », avait lancé le PDG de la Banque de France, appelant tous les acteurs des marchés financiers à la plus extrême prudence avec la moindre rumeur sur la santé d'une entreprise, les communiqués non sourcés à cent pour cent, les 'fuites organisées' sur des projets de loi de nature à influencer les prévisions sur un secteur d'activité, une zone géographique. Ne pas réagir au quart de tour, érigé en règle d'or : c'est comme poser un petit-suisse sous la truffe d'un chat en clamant haut et fort « Pas touche, le matou ! N'y pense même pas » : l'hypothèse optimiste dit que... ça ne tient pas longtemps.

On l'imaginait derrière chaque soubresaut des marchés boursiers et des instances politiques, défiant celles et ceux qui agrégeaient les colères des peuples, mais questionnant aussi chacun d'entre nous, on la voyait ici, on la disait là, « Elle » était partout et nulle part, « Elle » était dans tous les esprits.

« Elle » avait donc revu à la hausse ses exigences et son humour discret :
« Merci d'ajouter 250 millions.
Vous allez ajouter et ajouter encore si vous voulez vraiment jouer.
Ne vous inquiétez pas, tout le plaisir est pour moi.

Add 250 millions, please.

You'll add and add again if you really want to gamble.

Don't worry, it's my pleasure.

Profitez-en, les soldes ne sont pas éternelles.

Friendly price today.

Add-Elle »

Elle acceptait les dollars comme les euros, pour peu que ce fût la monnaie la plus forte à l'instant t.

La presse titrait : « Un milliard pour Add-Elle ? »

La nuit venue, la planète ne dormait que d'un œil.

Sauf... À l'exception de Gus Panaro (qui, lui, au contraire, ne se réveillait jamais complètement) et d'un petit groupe, peut-être, armé de grumeaux.

* * *

Le fol empressement de l'éditeur, décidé à accélérer le processus, à voir mon roman en librairie en moins de temps qu'il n'en faut pour le dire, avait déjà été une source d'étonnement béat, mais je tenais là une autre surprise ébouriffante : une invitation sur *France Culture*, le jour de sa sortie.

Chemise grise manches courtes, baskets initialement noires et pantalon initialement propre, je ne ressemblais à rien et mon visage me semblait aussi pâle que mon futal en toile. J'ai un poil forcé avec « initialement ».

J'étais le seul invité : la joie disputait la première place au stress, mais, comme une amicale étrangeté, l'enthousiasme progressait à mesure que l'obstacle approchait.

Émission enregistrée aujourd'hui, diffusée demain.

J'étais devant *Radio France* quand elle m'appela.

Jérôme venait de la quitter.

« Au fait, tu es folle, tu sais ? », avait-il pris soin de préciser, parce qu'il n'avait rien compris à 'ce défilé dans son salon', ces Goldman ou Michel Platini qui débarquent sur ton palier, à heure fixe, pour faire un peu connaissance. Et parce qu'il n'aurait jamais joué des relations de son père « pour *ça* ! ».

Elle avait besoin de moi et des sanglots refoulés dans la voix.

Elle allait enregistrer un micro-trottoir au forum des Halles, dans l'heure qui venait, elle serait en duplex au 20 heures pour en parler, à l'antenne pour la première fois, elle avait besoin de moi à ses côtés.

Je leur fis part d'un impondérable ; sans les détails.

« Ne vous inquiétez pas, nous avons une émission déjà prête, ça ira pour demain et nous vous proposerons une autre date, Philippe, dans le mois qui vient. »

Je retins quelques larmes.

À cause d'eux, même si Justine avait commencé le travail.

Les portes qui se referment pile sur mon nez, je les connais sous tous les angles, dans tous les matériaux, et c'est rarement moi qui les pousse tout seul, je m'fais aider. En revanche, ce concentré de tact, ce condensé de délicatesse, cet assaut de bienveillance, cet uppercut de douceur, m'avaient pris au dépourvu, m'avaient chopé de face.

Elle trouva le réconfort 'attendu' dans ma venue, micro-trottoir dans la foulée, duplex le menton et le verbe hauts, sans la plus petite fausse note.

Le soleil caresse son visage, il a de la chance.

Et l'on trouva une autre date.

8.

À nouveau régulière dès que Justine était 'seule', chaque nuit voyait notre correspondance s'enrichir de quelques mails.

Cette nuit-là, autour de 23 heures.

Elle déclencha les hostilités.

Je ripostai aussitôt. Elle allait bien, moi aussi.

Elle envisageait de lire mon livre, malgré tout le mal que je lui en avais dit et mon interdiction formelle.

« Il faudrait déjà que tu l'achètes. »

« Fait ce midi. »

« Mais c'était interdit, ça aussi ! »

« Tu reconnaîtras, il fallait le deviner, là ! »

« Donc, il faut Tout Te préciser. Toujours. »

« Tout. Tu ne le regretteras jamais. »

Bien rivés à nos ordinateurs depuis plusieurs heures, on s'encouragea l'un l'autre à ne pas travailler tard et ne pas lire mon livre.

« Moi, j'ai décidé de suivre tes conseils (quels qu'ils soient).

Assez cordialement,

Philippe Simon-Parker »

« Mais moi, non ! Je ne suivrai JAMAIS tes conseils, même si ce sont aussi les miens.

Un peu cordialement »

« C'est très très puéril, tu t'en rends compte ? » « Je sais. Enfin : grâce à ton jugement de valeur, maintenant, je sais. »

« Et Gus ? Il tient le coup ? »

« Ça va, il a été augmenté avant-hier. »

« Pour gagner combien, finalement ? »

« Trois Jean-Jacques.

Peut-être trois et demi. Ils réfléchissent. »

« Surtout, ne te sens pas obligée de répondre, mais Pourquoi ? »

« Ils ont eu l'impression de l'avoir contrarié. »

« Pourquoi ? » « Un doigt de pied, il a eu un début de crampe à cause des grumeaux. »

« Et 'en John', ça fait combien, trois Jean-Jacques ? »

« Quatorze quinzièmes de John. 93,3 % si tu préfères simplifier. Il avait trente ans de boîte, tout de même. »

« Mais ils lui font faire quoi ? pour un salaire pareil ? »

« Le café.

Il leur a parlé de la farine, alors ils comprennent.

Ils disent qu'ils comprennent, pour être précise.

Ils s'adaptent. À ses retards, aussi. On en est là. »

« À part dormir onze heures d'affilée, il va tout leur faire. »

« Alors, il leur a tout fait, déjà. Les heures sup' sont monnaie courante, mais façon Gus, c'est plus rare. Même chez XQ, j'ai vérifié. »

« Je corrige : À part travailler, il va tout leur faire.

À part travailler les yeux ouverts, il va tout leur faire. »

« C'est pour ça qu'il a... »

« Évoqué la farine. Je comprends. »

« Toi aussi !! Tu vois, avec lui, tout passe ! Avant de nous remettre à travailler pas tard (et à ne pas lire ton bouquin), besoin d'autres infos ? »

« J'avoue que je ne sais plus, mais je crois que ça ira.

Quatorze quinzièmes cordialement »

« 93,3 % cordialement »

« Dors bien, Justine » « Toi aussi, Philippe, douce nuit »

« Bonne nuit à Gus, aussi... »

« Je te rassure : soit y a vraiment quelqu'un qui 'débride' un robot mixeur dans le coin, soit c'est bien parti pour lui. Bien sûr, je vais lui imprimer ton mail. À bientôt, Philippe »

« Dernier message avant inventaire.

Quand tu veux, Justine, envoie-moi des mails du bout de tes doigts.

Et cesse d'imprimer, au mieux *il* sait lire son prénom et les voyelles faciles, les plus connues. Les neurones sont hyper mal répartis, ceux qui en ont le savent. Tous ces mails ont été conçus sur un ordinateur recyclé (à partir d'épluchures de très jeunes carottes, de beurre salé périmé, d'huile de friture usagée, d'épices ayant mal voyagé, de poils de chat ayant nettement trop servi, de thon à la catalane recyclé, de molaires dévitalisées, d'ongles très incarnés, d'idées obsolètes, de fleurs de télé-réalité visage-gros-seins-grosses-fesses remasterisés et une pointe d'uranium enrichi qui relativise beaucoup l'espérance de vie gagnée avec les artichauts bio. »

« Merci. Ça va tellement m'aider à prendre mes distances avec toi, ou ce qu'il en reste. Je te laisse donc, sans l'esquisse ou l'ombre d'un regret, avec tes rognures d'ongles obsolètes-recyclées-enrichies parfaitement répugnantes.

Les neurones, je confirme, on a constaté de grandes inégalités. J'avoue... J'ai été salement égoïste, sur ce coup-là. Comme beaucoup de filles. »

« Oui, tu aurais dû en prendre un, ou même deux, même des petits. Pour nous offrir des plages de répit. Les filles qui en ont deux, ça se passe plutôt bien. Perso, j'en ai qui ont très peu servi, des remplaçants, je te les filerai. »

9.

Justine a rencontré un Jean-Luc au club de tennis, ils jouent ensemble à présent, moi j'ai récupéré une Marie-Thérèse, la partenaire habituelle du Jean-Luc.

Il avait le même âge, 26. Ils étaient déjà amis. Mais pas que.

Cinq sets et déjà pas que.

« Et tu danses avec lui », je pensais souvent à cette chanson de C. Jérôme. Sur Internet, les paroles figuraient ainsi :

Tu n'as jamais dansé aussi bien que ce soir

Je regarde briller tes cheveux blonds dans le noir

Tu n'as jamais souri si tendrement je crois

Tu es la plus jolie, tu ne me regardes pas

Et tu danses avec lui, la tête sur son épaule

Tu fermes un peu les yeux, c'est ton plus mauvais rôle

Et tu danses avec lui, abandonnée heureuse

Tu as toute la nuit pour en être amoureuse

Je suis mal dans ma peau, j'ai envie de partir

Il y a toujours un slow pour me voler ton sourire

Et tu flirtes avec lui, moi tout seul dans mon coin

Je n'sais plus qui je suis, je ne me souviens plus de rien

Et tu danses avec lui, la tête sur son épaule

Tu fermes un peu les yeux, c'est ton plus mauvais rôle

Et tu danses avec lui, abandonnée heureuse

Tu as toute la nuit pour en être amoureuse
Et tu danses avec lui, et tu danses avec lui
Et tu danses avec lui, et tu danses avec lui
Avec lui ! ... Lui !

Quand je l'écoutais, je me jetais à pieds joints en zone de conflit intérieur, mais m'imaginais doté d'une certaine grandeur d'âme, acceptant ma défaite, qui n'en était pas une puisqu'*elle seule* comptait, souriant de la savoir heureuse avec un autre, souriant sur une souffrance résistante à la raison, souriant parce qu'elle souriait. Si ça pouvait m'éviter de me faire un procès perdu d'avance, ça m'irait.

Aujourd'hui, je jouais sur le court à côté du leur.

Tout juste rescapée d'un fou rire, elle me regarda.

Marie-Thérèse, 67 ans, m'infligea un 6-1 6-0, suivi d'un 6-1 6-0, suivi d'un papotage, en moins d'une heure. À noter, toutefois, une balle de jeu au 2e set du 2e match.

Après 14 ou 15 indices, Marie-Thé me mit dans la confidence : gros rhume, nuit blanche, d'où ces scores tout en nuances. J'ai perdu sa trace, mais si y a moyen, je vais lancer un procès à ma prof de tennis. Ou à ses héritiers. Un procès gagné d'avance, ça m'irait.

6-4 6-3 : le Jean-Luc l'emporta ce jour-là.

De son nom complet Jean-Luc Plat, il est grand, ridiculement grand, 191 centimètres, et il sourit tout le temps, lui aussi.

Le parfait crétin. Le parfait crétin a une moustache, exerce la profession d'avocat crétin. Le constat est là, irréfutable, le crétin dans toute sa splendeur est toujours moustachu, ou devrait y penser.

Je vais finir par me le faire, ce procès, ça me pend au nez.

Certains vivent parmi les Bisounours, d'autres au pays des crétins.

10.

Je lui lirai.

Je lui dirai.

Je me suis trompé

Quand le jour se fait trop long

Quand la nuit se fait trop blanche

Quand cela fait déjà trop longtemps

Que tu n'attends plus rien du lendemain

Comme la lourde certitude

Que la douleur épousera ta solitude

Que la douleur aura toujours la même couleur

Entre rouge et noir, une couleur sans espoir

Quand les absences et les manques

Ne te donnent jamais droit au repos

Quand l'amour est toujours de trop

Qu'il préfère se donner à des plus forts

À des plus belles, à des plus beaux

Quand la vie se fait trop dure

Qu'elle s'acharne à t'exclure

Toi, qui as trop souffert

Toi, qui es trop sensible

Toi, qui vis sans armure

Toi, qui vis sans douceur

Quand demain est un jour de trop

Quand demain est le jour de trop

Tu penses que tu n'as plus le choix

Tu te trompes pour la dernière fois

C'est trop tard, tu t'en vas

Jamais tu ne sauras que la vie est douce parfois

Jamais tu ne sauras que la vie est belle

Jamais le soleil ne viendra plus pour toi

C'est trop tard, tu t'en vas

Maman, tu pleures

Pardonne-moi, je ne voulais pas te faire ça

Mais je pensais que je n'avais pas le choix

Papa aussi, pardonne-moi

Je n'ai pas fait ça contre vous

J'ai fait ça pour moi

J'ai fait ça contre moi

Je me suis trompé pour la dernière fois

Pardonnez-moi

Je me suis trompé

C'est la dernière fois

11.

Escapade en Grèce pour Justine et Jean-Luc.

Dix jours plus près du Soleil.

Je passai six heures plus près de mon père, là où commence la province, là où les étoiles déçues par la capitale se retrouvent la nuit par temps clair.

Gare du Nord, train bondé, wagon avec contrôleur.

Fantômette était du voyage.

Je ne prenais jamais de billet, demi-tarif, pour elle.

Parfois, le contrôleur faisait une réflexion, pas là.

Profita du jardin, du soleil, avala quelques insectes qui n'avaient rien demandé. De l'herbe en dessert, motivation intacte.

Sentait bon en rentrant du jardin.

Sentait toujours bon, mais ce n'était pas pareil après s'être roulée dans l'herbe tendre.

La femme de sa vie est morte il y a un an.

Il ne regrette rien.

Il ne regrette pas qu'elle ait été la femme de sa vie.

Il le lui a dit au bout du bout.

Il le lui a dit en lui tenant la main.

Il le lui a dit en lui souriant doucement.

Il le lui a dit doucement.

Il ne sait pas si elle a compris.

Mais il sait qu'elle a souri.

Mais il sait qu'elle lui a souri.

Mais il n'a pas pleuré.

Encore, il a souri.

Pris sa main.

Caressé sa main.

Son autre main.

Calmé ses pensées de candidate *au départ*.

Il n'a pas pleuré, et puis si.

Mon père.

Ma mère.

Elle a souri.

Il pleurait, elle souriait, secondes miraculeuses de leur histoire.

J'arrête.

À écrire, c'est insupportable.

À lire, je ne sais pas.

Je ne sais même pas si tu as connu ça.

De près ou de loin.

Je ne sais même pas si tu es une femme de 39 ans ou de 51 ans.

Je ne sais pas si tu es une jeune imbécile ou une vieille aigrie.

Je ne sais même pas si tu es une brune à forte poitrine ou une auburn aux petits seins menus (mais arrogants) (auburn : brun-roux) (arrogants : orgueilleux, hautains et méprisants).

Je ne sais même pas si tu es une fanatique religieuse ou une simple croyante.

Moi, je ne crois à rien, à part aux mathématiques.

À part à la supériorité de : la femme sur l'homme, du chat sur le chien, du labrador sur les autres chiens, de ma débilité légère sur la tienne.

Au fond, je ne sais rien de toi, pas encore.

Vivre, c'est accepter l'inacceptable.

Le temps qui passe.

Les gens qui s'en vont.

Que l'on aime et qui s'en vont.

L'enfant que l'on a été.

Les joies que l'on a eues.

Un jour.

Les douleurs aussi.

Les rêves que l'on a vus grandir

Pour des vies que l'on n'a pas eues

Que l'on n'aura jamais

Les vies juste à côté.

Ça va ? me (re)demanda Papa.

Ça va ! je (re)répondis, après avoir (re)hésité.

« Ton moral semble meilleur ? Tu as l'air bien ?

Tu as changé de traitement ? », je demandai.

« Non », il répondit. « Non à quoi ? »

« Ta question. » « La plus récente ? »

« Voilà. » « Tu as lu un roman ? récemment ? »

« Oui. » « Fais plus court, Papa, s'il te plaît. »

« Je fais ce que je peux.

Tu es trop tatillon.

Tu ne vas pas me refaire à 70 ans. »

« Ben... il faudrait y songer, quand même. »

Parler avec lui n'existait pas avant le départ de Maman.

Ça reste embryonnaire, je ne te le cache pas.

Je lui avais préparé une tarte aux fraises, elle était bonne, ça doit être dur à rater complètement.

« Ça t'a fait plaisir ? ... la tarte ? »

« Oui. Moyen. Tout ce qui rentre fait ventre. »

« Tu dis ça pour me faire rire ? »

« Non. Ta tarte ou autre chose, ça remplit. »

« Super. Ça va bien me motiver. Pour recommencer. »

Fantômette détesta quitter le jardin, adora quitter sa cage, jouer les fusées dans l'appart', miauler parce que l'heure des croquettes avait sonné.

Comme j'oublie ses repas systématiquement, elle fait bien de me le rappeler systématiquement.

Elle mangea en musique, au son de ses ronrons incessants, me fixa d'un regard qui disait « Que ça ?! », récolta un « C'est tout ! », sauta sur l'évier, réclama un filet d'eau à laper, bondit vers le sol, sprinta sur sept mètres, stoppa net pour faire un brin de toilette, avant de détaler à nouveau.

Elle veut me faire rire.

Là, je ne vois plus d'autre explication.

Ah ? Elle a tout vomi. C'est ça de dîner trop vite, ma galopeuse.

Ah ? Elle a mangé tout son vomi. Non, pas tout. Ah si, là, bien tout.

Ah ?? Elle se poste devant le frigo, tête levée. Ambitieuse, la bestiole.

Fantômette, tu es sûre que c'est une bonne idée ? Lait, fromage, avocat ? Cinq minutes à regarder la poignée du frigo fixement.

Oui, aucun doute, Fantômette était sûre. Elle avait ses raisons.

Après deux « Ce n'est pas l'heure, il faut attendre » venus trop tard, elle lâcha prise... neuf secondes avant de refaire les yeux doux au frigo.

12.

Elle et lui avaient quitté Athènes pour Paris.

Avec le grand retour de Justine, souriante et bronzée à souhait, à *France 2* l'euphorie guettait, David Pujadas et Arlette Chabot pouvaient alléger les antidépresseurs, ranger les anxiolytiques, découper la Carte Vitale.

Semaine suivante, on a bien fait de ne pas tout de suite tout découper : Arlette avait profité du week-end pour attraper une sale angine *et*, à en croire les couloirs, puis Justine, elle venait essentiellement pour contaminer toute la rédaction, alors que Pujadas, lui, traînait une douleur au genou gauche depuis ces deux sets contre Marie Drucker et cette vilaine défaite 6-0 6-3. Pujadas fut aussi la première victime des microbes d'Arlette, suivi de près par Alain Duhamel, Gérard Leclerc et un premier peloton où figurait Justine. Des microbes, Arlette avait même fini par ne plus en garder assez pour son usage personnel.

Un fou furieux téméraire et une foldingue force 12, niveau 3, se déclarant aptes à assumer les représailles de la Caisse Primaire d'Assurance Maladie, mirent tout ce petit monde sous antibiotiques. Les guérisons furent rapides, les audiences bien meilleures, les sanctions exemplaires.

Justine en bon état et Jean-Luc en bon crétin qui ne se renie pas pouvaient à nouveau se retrouver tous les soirs, chez lui because Gus, et s'aimer soudainement, sauvagement, souplement, avec la lumière (pas à tous les étages chez Jean-Luc, rien au-dessus du genou, sauf un silex qui peut dépanner en dernière extrémité). Je raconte vraiment n'importe quoi, du délire en boîtes de 12. Désolé.

Ne se reproduira pas. J'y veillerai. Personnellement.

Justine m'écrivait plusieurs fois par semaine ; plus en retrait quand elle vivait une histoire, je ne faisais rien pour l'encourager, si ce n'est répondre avec joie, je sus que Jérôme et elle étaient parvenus à normaliser leurs relations, je sus aussi que Leïla avait flirté avec David, légèrement, elle avait touillé avec lui au 3e étage, devant le distributeur de boissons et potages, elle lui avait souri avec un petit air mutin (espiègle, vif, taquin) ou un petit air coquin (espiègle, malicieux, licencieux (contraire aux bonnes mœurs, qui offense la pudeur), grivois (jovial et licencieux)), je sus que Leïla était sensuelle, le savait un peu, en jouait pas mal, mais David avait résisté ; stoïque ou apparenté. Et puis Chabot avait enfin trouvé le très grand amour : un certain Didier ; et ce n'était pas le premier labrador à s'appeler ainsi. Après Chabat, Chabot, après Alain, Arlette.

Les Pujadas, eux, avaient neuf enfants.

Encore deux, et la fête est finie, disaient-ils.

C'est *ça* l'amour du ballon rond, je dis. Justine confirma.

La meuf à David dirige *PSA, Peugeot Citroën*.

(Si tu es prof de français ou si Bescherelle est ton joli prénom, je te propose de te calmer gentiment, il ne te sera plus fait aucun mal.)

Aujourd'hui elle écrit qu'elle m'écrira demain, pas un mot de plus.

Pour me dire la même chose ? je demande.

Gros bêta, va !

Il est dix heures et des poussières du soir, je lui réponds pour solde de tout compte.

Tu joues les poètes de l'horaire ? Je prends les poussières. Philippe, je fais des vers.

C'est bien. C'est très bien. Mais faut pas recommencer.

13.

Justine m'invitait rarement chez elle.

Je disais rarement « Non ». C'était Oui, sans match retour.

(Mon appartement méritait le détour. Pour l'éviter. Ou pour un plombier. Un électricien aurait pu y faire son nid, aussi.)

Elle avait commandé le repas chez un traiteur.

Chaque fois, j'avais l'impression d'être au cinéma : une fille très belle, un repas très chic, des meubles qui ne t'empêchent pas de dormir, une lumière agréable, aux normes, et là il y avait même la dose idéale de running gag avec les ronflements de Gus qui franchissaient le seuil de tolérance à la douleur toutes les huit minutes, en mode furtif, et nous surprenaient.

— Si tu veux un aperçu de l'humour immonde de Jean-Luc, je peux te répéter sa dernière histoire drôle, tu es prêt ?

— Y a-t-il au moins une chance que je le sois ?

— Non. J'ai dit ça pour la forme. Un homme invite au resto une femme qu'il drague depuis plusieurs mois déjà. C'est la première fois qu'elle accepte, c'est le grand soir, il réserve une table dans un restaurant gastronomique très en vue et une chambre dans un palace, il va enfin conclure. Au restaurant, la femme commande tout en double : foie gras, caviar, homard, champagne... De plus en plus inquiet pour le montant de l'addition, l'homme demande à la femme : « Dis-moi, tu manges toujours autant ? »

« Non. Seulement quand j'ai mes règles, la migraine et une humeur de corrida. »

— *Quand même*. On n'est jamais prêt, là. J'ai déjà perdu les oreilles.

— Voilà. — Mais..., dis-je. — Mais ?

— Mais ça déclenche un sourire à retardement.

— Deux jours de retard, on peut encore y croire ?

— C'est mauvais signe, ne t'accroche pas à cet espoir chétif. De toute façon, tu n'aimes pas le mauvais goût. Et pas davantage le très mauvais goût. Moi si.

— Oui. Tu prends sa défense pour te débarrasser de moi.

— Y a pas à dire, on ne peut RIEN te cacher.

— Psychologie féminine.

— Moi qui pensais que tu étais un fox-terrier mal dégrossi.

— Je l'ai été.

— Limite désagréable, ton Jean-Luc. — Oui. Toi aussi, d'ailleurs.

— Pas super romantique. — Non. Toi non plus, d'ailleurs.

— En revanche, assez réaliste. — Oui. Toi pas du tout, d'ailleurs.

— Un peu la patte 'cinéma belge primé à Cannes'. — Non.

— Et tu aimes toujours le cinéma belge réaliste ? — Oui.

— Tu aimes la BD belge ? — Oui.

— Tintin ou Milou ? — Milou, avoua la jeune femme, en raison de son passé de fox-terrier.

— Dupont ou Dupond ? — Dupont, affirma-t-elle en toute décontraction.

— Tu aimes les films de gladiateurs ? — Plus que tout.

— Un mot sur le Sumo ?

— C'est fou, tu lis dans mes pensées à une vitesse !

— Tu as laissé un dossier haut comme ça aux toilettes.

— Tu savais que les sumotoris ont généralement un poids variant de 125 à 200 kilos ?

— Je sais beaucoup de choses. Encore plus depuis mon dernier séjour dans l'isoloir, mon dernier gros cac...*cacatoès* ; cette bête est un puits de science, elle m'a parlé sumo, m'a confié « 125, c'est quand ils se laissent aller ». Oublie l'isoloir, concentrons-nous sur la volaille...*le volatile*. Il s'appelle Jean-Pierre, si tu veux tout savoir.

— J'aime parler avec toi.

— Ça se sent... Un peu trop, parfois. Mais ça ne s'explique pas.

— Mais j'ai déjà Gus qui fait Kafka partout, tout le temps.

— Gus est capable de tout, et tu finiras par raconter qu'il n'y a jamais eu de salon, ni de canapé, dans cet appartement.

— On sera amis, une fois adultes ?

— On sera adultes une fois, alors ?

— C'est un maximum. Surtout pour un garçon. Sa blague, il me l'a racontée au resto.

— Il t'invitait et tu avais faim ? — Oui.

— C'est un grand malade. — Ah ! Tu trouves aussi.

— Ce ne sont que nos avis. Orientés. Tu l'aimes ?

— Jean-Luc ? — Non : ton café pur arabica.

— Je l'adore. — Ton café ? — Non : Jean-Luc. Enfin, je l'aime. Tu crois que je suis folle, comme fille ?

— Oui. — *Oui...* — C'était même une question facile.

Sourire, elle.

— Tu le sais depuis longtemps ? elle demande.

— Depuis Jean-Jacques Goldman.

Sourires, nous.

Toussotement, moi.

Nez qui coule, moi.

Extension du bras gauche, elle.

Remerciements pour le Kleenex, Bibi content.

Beaucoup de bruit pour rien, auteur britannique connu.

— Justement, quand Jérôme m'a quittée, après ces histoires de célébrités qui venaient sonner à ma porte tous les dimanches midi, il a osé suggérer que j'étais « dotée d'un équilibre précaire ».

— Schizophrénie ?

— Il appelle ça « psychologie évolutive, induisant un équilibre précaire ».

— C'est amusant. — Pardon ?!! Tu peux répéter ?!!

— Non. Tout bien pesé, non.

— Mouè... Il a précisé : « Je ne critique pas, mais c'est gênant. »
Je tentai de ne pas sourire.

— Tu souris ? — Ne crois pas ça.

— Tu fais quoi, alors ?

— Je fais des efforts... pour ne pas tousser.

— D'où le sourire ?

— Je préfère que tu dises 'le rictus' : si tu pouvais essayer d'avoir un vocabulaire précis, ce soir ça m'arrangerait.

— Le rictus ??

— Contraction spasmodique des muscles du visage *ou*, parfois, je te l'accorde, contraction des lèvres produisant un sourire forcé et grimaçant. Là, tu souris, par exemple. Moi, je fais très bien la différence.

Il faut dire qu'elle mettait une grâce infinie dans ses sourires. Dans ses rictus aussi.

— L'amour, qui s'y frotte...

— Allume la flamme. Il est l'heure, il est la lueur, d'un doux brasier.

— C'est de toi ? Tu penses à ces choses-là ?

— Oui et Oui, parfois.

— Si je lis ton livre, j'aurai des surprises ?

— Dans ta phrase, il y a une chose qui ne va pas.

— Le point d'interrogation ?

— Non, avant la virgule, cinq mots.

Elle rit un peu, sans raison apparente, excepté ce verre qui ne fut pas toujours vide *et* l'écrin doré dans lequel l'humour de Jean-Luc plaçait le mien. Au royaume des borgnes, les myopes sont rois, vieux dicton afghan que je viens d'inventer.

Elle se contentait de petits riens.

Telle une discussion débile.

Moi, pareil.

Mais moi, en plus, je fantasmais.

Fantasmais comme un malade.

Fantasmais sur : son regard, son visage,

Fantasmais sur : ses lèvres, son nez,

Fantasmais sur : ses yeux joueurs, taquins,

Fantasmais sur : ses yeux intelligents,

Sur : son menton, ses deux joues, son front,

Fantasmais sur : ses cheveux,

Ses oreilles aux lobes les plus doux,

La courbe de ses épaules, le dessin de son cou,

Ses bras, ses poignets, le miracle de ses mains,

Fantasmais sur : ses jambes,

Fantasmais sur : ses cuisses, ses genoux,

Fantasmais sur : ses tibias, ses deux mollets,

Ses pieds, ses chevilles,

Fantasmais sur : son élégance,

Fantasmais sur : ses trois intelligences,

La pure, l'affinée, la comportementale,

Sa gentillesse, qui leur devait beaucoup,

Fantasmais sur : sa douceur, sa délicatesse,

Sur : son optimisme, son feu, sa volonté,

Qui, réunis, renversaient des montagnes,

Fantasmais sur : la magie de sa voix,

Qui me touchait, me coulait, à chaque fois,

Que j'écouterais des heures si c'était autorisé par la loi,

Fantasmais sur : sa féminité,

Fantasmais sur : sa joie de vivre,

Et, bien sûr, fantasmais sur tout le reste.

Elle n'en savait rien.

Elle ne devait rien savoir.

Elle n'en saurait jamais rien.

Le récit de *France 2* reprit, avec David (son chouchou), Arlette (virile mais correcte) ou Gérard Leclerc (très officiellement, les plus beaux cheveux de la rédaction, sans se limiter à cette fonction (officielle, je te le rappelle)).

Elle avait une passion pour son travail.

Le vivait comme un privilège inouï.

Tout s'était passé si facilement, si vite.

Cette place au sein de la rédaction, elle l'avait obtenue comme par magie. Une amie lui avait parlé de cette possibilité, elle avait téléphoné histoire de se dire qu'elle avait tenté sa chance, avait été reçue très vite.

Mon rôle dans tout ça ?
Le rôle de Marc Page ?
Elle n'en savait rien.
Elle ne devait rien savoir.
Elle n'en saurait jamais rien.

— J'ai des amis à *France Culture*, tu sais ?
Je grimaçai légèrement, me grattai l'oreille avant le mollet.
— Quand j'ai vu que tu avais été déprogrammé, je les ai appelés : l'un d'eux m'a dit que tu avais renoncé à l'enregistrement avant même de savoir si c'était 'juste' partie remise. Alors... Merci...
(63 secondes)
« Balles neuves », je dis.
J'essaie et réussis à dire quelques âneries supplémentaires :
« J'étais si jeune, il y a trois semaines. À l'époque, parmi mes trois défauts, j'étais empathique et fou à lier, je crois. »
Elle retint une larme.
Ne la retint plus.
« C'étaient plutôt des qualités, c'était quoi, le troisième 'défaut' ? »
« Savoir compter jusqu'à 3. » « C'est une qualité. » « Pas au-delà. »
« C'est bien déjà, pour un garçon. Sauf cas rare, ça suffit. Et tu as zéro défaut. »
Je retins une larme.

Ne les retins plus.

... ... Elle : « Trois semaines ? J'ai beau être déphasée, j'aurais dit plus. Toi être sûr ? »

« Non. L'hypothèse du "cas rare" n'est pas à exclure.

Et je ne sais même pas quel jour on est. Si c'était le week-end, tu me le dirais ? Pour l'année, j'ai ma petite idée. Déjà. » « La même depuis janvier ? » « C'est ça. Je m'y tiens. »

Mon humour était à pleurer, le sien à croquer, sauf que c'était le même. Restait la teneur en auto-dérision qui nous départageait, disons qu'elle affichait moins la sienne, ce qui dénotait sa subtilité.

Ou l'absence de la mienne ?

Dans le doute, je me mouchai.

Très fort.

Elle se moucha.

Plus fort. En souvenir des larmes.

— Je vais les mettre à la poubelle.

— Je viens avec toi, dit-elle.

— Elle risque d'être surprise. — Quoi ??

— D'avoir autant de succès. — Qui ??

— Tu le fais exprès ? Je parlais de la poubelle.

— Mais quel idiot !

— Madame est bien indulgente. — Ah bon ?

— Avec elle-même. C'est toi qui ne comprends rien, du tout, mais l'idiot est en face.

— Ta vanne de poubelle, je suis très heureuse de ne pas l'avoir comprise. Na !

— Na ? C'est bien. Et puis pas puéril.

— Puérilité de nos échanges : sujet déjà abordé.

— J'ai l'impression d'avoir 12 ans d'âge mental.

— Tu fais beaucoup moins. Philippe.

— Mais beaucoup plus que toi. Justine.

Alors elle sourit. Alors moi aussi.

Jean-Jacques Goldman, avec qui elle restait en contact, s'invita dans le lecteur CD et la conversation.

Patrick Bruel, elle l'avait revu à l'occasion d'un reportage du 20 heures pour lequel elle s'était immédiatement portée volontaire, sous prétexte qu'ils se connaissaient un peu.

Philippe Djian, François Bégaudeau, Michel Platini : pas un mail, pas un sms, zéro appel, zéro nouvelle.

Même dans la presse, ils se faisaient discrets.

— Dis-moi, Justine... — Oui ?

— Il faudrait quoi pour que tu sois plus heureuse ?

— Mais rien, mon Philippe. Je te rassure, j'ai tout.

— C'est vrai : tu as même des trucs en trop.

— Quoi, par exemple ? — Un Jean-Luc. Par exemple.

— Si tu avais dit 'Un Gus', on aurait peut-être pu rester copains.

— N'empêche : avant, tu gagnais au tennis.

— Maintenant, je progresse, c'est différent. Pour Marie-Thérèse, c'est l'inverse.

— Qu'est-ce qu'il ne faut pas entendre !... À part ça, j'ai un travail d'investigation en cours : si tu avais un vœu à formuler, qui puisse être exaucé, ça serait quoi ?

Là, elle se figea, comme fascinée, avant :

— J'aimerais... J'aimerais beaucoup... J'aimerais tellement que mon père m'aime. J'aimerais tellement que mon père me le dise. Ou alors... Qu'il me le fasse croire. Que je sois sotte au point de le croire. Tu vois ? Bien conne, stupide, et tout et tout. Je ne sais pas si tu vois ? Non ? Non...

— Si. Je vois même très bien. Tu ne m'as jamais parlé de ton père. ... Tu ne m'avais jamais parlé de ton père.

— Non. ... ... Je n'en parle jamais. ... Bon, c'est bien l'heure de La Compagnie Créole ?

— Sans déconner : tu as quel âge, en vrai ?

— Grossièreté, question bas de gamme, air niais : tu es sûr que tu assumes ? que tu peux assumer ?

— Pour te répondre, j'attends que tu aies récré.

— *Il* en est fier, en plus... Tu es vraiment un mec, c'est officiel.

— Et moi qui croyais depuis toujours être une majorette avec des taches de rousseur ou un labrador couleur sable à l'air vif... Le choc. Le double choc.

— Triple. Pour moi c'est pire, *la majorette...*

Je l'aime si fort, j'espère qu'elle le sait.

Qu'elle sent cette immensité.

Qu'elle sent un tout petit peu cette immensité.

Cette intensité. Rien de sexuel.

Quand je pensais à Justine, ça n'avait Rien de sexuel.

Les derniers chiffres sont tombés : Rien de sexuel dans 99,999 % des situations (des cas recensés à ce jour) (nous sommes vendredi nuit).

Quand j'étais avec elle, ça n'avait Rien de sexuel.

Rien.

Si j'apercevais la soie de ses jambes, en revanche, les statistiques s'affolaient : on chutait parfois à 30 %.

Ça n'avait Rien de sexuel à 30 %.

Si je m'abandonnais un court instant à la contemplation de ses lèvres : on était *plus* sur du 25 %.

Tous les autres pourcentages sont disponibles sur : materjustine.fr

Ou sur : riendesexuel.com (là, tu cliques entre les seins de Justine, et c'est bon, tu as tout.)

Voilà. On resta silencieux.

Quelques minutes.

Minutes précieuses.

Minutes chaleureuses.

Minutes merveilleuses.

Minutes magiques. Toujours uniques.

Minutes à se regarder. S'aimer d'amitié.

Les pourcentages, c'était pour te faire sourire.

Ou grincer des dents. Si tu en as.

— Tu veux... Je t'amène du café ?

— Impossible. Et là, tu vas me demander pourquoi. — Pas du tout.

— Et je vais donc te répondre : on apporte du café et l'on amène ce qui peut se tenir par la main ; main dans la main.

— Ah oui, d'accord !! — Bien sûr.

— Ah oui, d'accord : c'est à cette heure-ci que tu me donnes un cours de français ? — Si c'est maintenant que tu génères un besoin, une urgence, oui.

— Merci quand même. Ça partait d'un bon sentiment.

— Comme disait Coluche à Thierry Lhermitte dans *La femme de mon pote* : « On donne ce qu'on peut ».

— Et lui, il donnait quoi ?

— Ses microbes, sa maladie. Son désir d'empathie.

— L'empathie de Lhermitte ? — Oui, garantie sans aucune réciprocité.

— Et pour un chat, on dit quoi ? Parce qu'un chat, ça n'a pas de main, mais ce n'est pas non plus un objet. Alors, on dit : 'appatter' un chat ?

— Ce qui impliquerait une proximité avec 'appâter', donc avec 'attirer par des propositions alléchantes'. Bien sûr, tu pourrais me dire ça.

— Ah non : jamais je ne t'aurais dit ça. Je ne m'appelle pas Philippe, moi. J'ai vite deviné ton petit jeu pour affirmer ta supériorité.

— C'est beau la psychologie féminine quand c'est bien fait. Et pour ta question, je sais pas.

— En fait, tu dois dire : « je ne sais pas ».

— Ça s'appelle : « Tendre une perche. »

— Ça s'appelle : « Moi aussi. »

Elle...

Elle me touche chaque fois quand elle sourit.

Quand elle parle, ça dépend :

— Si tu veux un verre d'eau du robinet, tu me le dis et je te l'amène.

— Non, ça ira, je te remercie : je crois qu'il me reste un fond d'eau tiède. Pour accompagner mon croûton de pain rassis.

— Alors, super. Tu penseras bien à m'apporter les gosses, dimanche soir.

— On dit toujours 18 h 32 ?

— On peut aussi décaler à 18 h 33. Si tu es dispo.

— Allez, coupons la poire en deux.

— Heureusement que nous sommes très ponctuels, et conciliants.

— C'est du pain d'hier ? — Non. Hier, il était d'hier. Pourquoi ?

— Rien. Je m'intéresse. Et puis, il très bien, ce bâton...euh...ce croûton : il fait un bon détartrage, je trouve.

— Heureusement : y a les morveux, les morveuses.

— Pour de vraies discussions.

— Surtout la grande : bientôt le CP, mine de rien.

— Oui. Dans deux ans. Et onze mois.

Elle avait de jolies mains.

Elle avait de jolies manières.

Elle effleura mon bras.

— Tu... Ça faisait longtemps que l'on... D'habitude... au moins, tu prends des nouvelles.

— S'il y avait un bouton pour avoir de tes nouvelles, j'appuierais tous les jours.

— Ah bon ? — Ah oui.

— Et si tu me faisais deux beaux enfants ?

— Non. Pas ce soir, Justine.

Plus coopératif :

— Mais, un, peut-être. Et l'autre demain matin, c'est promis.

— Mais la tarte au sucre !! Je t'en avais parlé ! Et tu ne la réclamais pas.

— *Eh non...* Je ne suis pas très *dessert...* ce soir.

— Le Nord de la France est parmi nous, tu sais qu'ça vient de là-bas ?

— Mais il faut que ça y reste, aussi.

— Ah mais, ça vient des Ardennes, si tu remontes à l'origine.

— Oui, c'est ça que je vais faire. Bien sûr. Et donc, ça, toi, tu te dis que ça va me rassurer ? Dis-lui surtout de vite changer de nom, à ta tarte, si elle veut connaître mes dents jaunies.

— Pourquoi tu râles ? Et tes dents ne sont pas du tout jaunes.

— Je ne râle pas puisque je ne râle jamais. Tu as raison, mes dents ont franchi un cap cette semaine, elles sont verdâtres. Ça la fait rire... De toute façon, pour envisager cinq secondes de lui confier tes dents, à ta tarte au sucre, il faut ne plus rien avoir à perdre. Ou s'appeler Gus ?

14.

Justine,

Ma Justine,

Ma toute petite,

J'espère que tu vas bien,

J'espère que tu es satisfaite de ta vie, aussi imparfaite soit-elle,

J'espère en faire toujours partie.

Je t'embrasse comme si c'était la première fois,

D'ailleurs, c'est la première fois que je t'aime autant, mon enfant,

La première fois à chaque dixième de seconde,

Toujours et encore, tu me manques plus fort,

Combien j'ai eu tort de ne pas te serrer contre moi, avec des mots, des caresses et des bras,

À force d'être discret, il est un secret que plus personne ne connaît, mais chaque pore de ma peau ne transpirait que pour toi, ces vingt-six années-là, le corps ne ment pas, c'est juste que parfois il parle tout bas,

Ma fille chérie,

Ma Justine,

~~Ton père~~ Papa

Qui t'aime si fort, si mal, si discrètement

Lettre sur papier rouge, encre noire,
déposée dans sa boîte aux lettres.

Elle m'appela.

« C'est incroyable ? » « Incroyable. »

« On en avait parlé, tu te souviens de ça ?

Mais tu n'y es pour rien ?

Jure-moi que tu n'y es pour rien !

Tu ne connais pas mon père, par hasard ? »

« Non. » « Jure-moi que... » « Je te jure. »

« Je t'aime. » « Moi aussi. »

« Je t'embrasse !!! Et je te laisse ! »

« Je sais. Ça se termine toujours mal. »

« Tu disais ? » « Rien : je faisais une faute de goût. »

« Toi, tu as encore voulu être drôle, c'est sûr. Ce n'est pas bien. Tu le sais. »

« Sur ce... »

« Attends : il vaut mieux dire "La différence entre un C.R.S. et un kamikaze est *mince*" ou chercher un autre adjectif ? »

« Non, c'est bien. C'est bien ce que tu écris. »

Elle rit, fallait pas, ça m'encourage : « Bravo, *France 2* ! Bravo, le recours millimétrique à la nuance ! »

« Tu ne connais même pas le contexte ! »

« Eh non. Même pas. Mais c'est sûr qu'il gagne à être connu.

Enfin, tu expliqueras tout ça au juge. Et aux prud'hommes, dans la foulée. »

(Et c'était mon vœu numéro 8.)

15.

Jusqu'à aujourd'hui, j'avais formulé mes vœux et remerciements par mail.

Il répondit dès la huitième sonnerie : — Philippe ! Quelle belle surprise ! Heureux d'entendre votre voix.

— Je n'ai rien dit.

— Comment allez-vous ? Dites-moi.

— Et vous ? — Impeccable.

— Moi pareil : j'ai des « Merci » en retard avec vous.

— Vous remerciez avant, vous remerciez après, vous voulez les caser où, vos autres mercis ? Et nous savons tous les deux ce que je vous dois. Mais, si vous m'appelez, il y a autre chose.

— Je voudrais qu'elle soit heureuse *autant que possible*. C'est mon vœu si cette demande a un sens, si elle est recevable, pas cent pour cent impalpable.

— C'est votre seul vœu, Philippe, depuis le début. Ensemble, on va continuer. Si je venais à échouer, avez-vous pensé à votre vœu de rechange ? Et au vœu bonus ? Comme stipulé dans notre accord.

— Non. Ce sera mon dernier vœu. Je ne veux pas que vous échouiez.

— Même si je réussissais, il vous resterait un vœu.

— Marc, j'aimerais vous accorder un vœu. Je veux que ce soit ça, mon dernier vœu. Vous avez droit à un vœu. Que j'exaucerai s'il est humainement réalisable. Ce que d'autres vous auraient rendu au centuple, moi, je tenterai de vous le rendre au dixième. Mais, ne me demandez pas 25 000 €. Pas même 2500 €. Rien qui dépasse 2,50 €.

— Merci. J'en ai un. Rendez-la heureuse, Philippe.

— Non... On avait dit humainement réalisable.

— Vous connaissez mon *vrai* nom ?

— Oui. Jean Tigana.

— Platini. Marc Platini.

— Vous... Vous vous appelez Platini ??? Vous...

— Oui.

— Mais... Rien à voir ???

— Si. C'est ma fille.

...

...

...

— Vous êtes son père...

— Oui.

...

...

— Pourquoi ?? Pourquoi ? Pourquoi ce pseudonyme ?

— Au début, ça m'amusait.

— Et après ? Vous auriez pu reprendre votre nom ?

— Oui. J'aurais pu. Mais... J'ai... J'ai choisi de ne pas aider ma fille. De ne jamais aider Justine. ... Vous comprenez ?

— Non.

— Moi... quand j'étais petit... et puis après aussi... Je n'avais rien. Je n'avais rien. Vous comprenez, Philippe ? Pas même son affection. Pas même un geste tendre, un mot. Ma mère. Et pas de père, il était parti. Il ne m'a pas reconnu, je ne l'ai pas connu. Vous comprenez, Philippe ?

— Oui. Bien sûr.

Il pleura. Je suis sûr qu'il pleura, le téléphone posé une minute.

— Le succès m'a souri très tôt alors que je n'étais personne, je voulais que mon enfant aussi réussisse par elle-même, sans mon nom pour carte de visite.

— Et je suis arrivé pour tout chambouler. Vous auriez pu m'expliquer, refuser.

— C'était la... ma possibilité... de devenir père. Et vous ? Pourquoi vous... ?

— Je...

— ... ... Vous l'aimez ?

— C'est sans doute ça. ... C'est compliqué.

— Je n'insiste pas ?

— On va en rester là.

— Merci, Philippe. Merci pour tous vos vœux. Ceux demandés, celui offert. Les 2,50 €, c'était vrai ?

— Ma dernière *Ferrari* toussote un peu, on connaît les garagistes, ils sont très taquins, ça coûte 800, ils arrondissent à 4800, mais rien de bien méchant. Vous savez, je plaisante trop, mais tout va bien.

— Tout, non. Une idée de la valorisation boursière globale de mes sociétés ?

— Je fais l'addition tous les matins avant de sauter du 6e étage. Mon moral est une valeur en hausse, et vous y êtes pour beaucoup. L'humour mimétique est de retour, on dirait. Je fais toujours école.

(Et ce *seront* mes vœux numéros 9 et 10.)

(Et ce *sera* son vœu numéro 1.) (Sur un total de 1.)

Je m'approchai de la bête.

La bête s'éloigna rapidement.

À chaque seconde, détaler était son vœu numéro 1.

92

16.

Alors que mon interview radio, reprogrammée, avait favorisé la visibilité, les ventes et une plus vaste mise en place en librairie, la planète avait versé un milliard d'euros et espérait en avoir fini avec « Add-Elle », depuis deux semaines.

Les marchés financiers respiraient prudemment, ils avaient encore le souffle court. L'économie tout entière manquait d'oxygène et les sondages se succédaient dans cette volonté constante d'annoncer un retour timide de l'optimisme, qu'aucun chiffre ne traduisait, ne reflétait déjà.

En France et ailleurs, banquiers et politiques n'avaient pas fait taire leurs détracteurs, qui les accusaient tantôt de faiblesse, tantôt de retour de bâton après des années à éviter l'examen de conscience, souvent les deux à la fois, mais les soutiens clairs et nets à Add-Elle se comptaient sur les doigts d'une moufle ; l'occasion de réaliser que tomber sous le coup de la loi n'amuse plus grand monde.

Pourtant, Noël s'annonçait, un pull pour mon père, aussi :

— Il prend du combien ?

— M ou L, ça varie.

— Et sinon, il mesure combien, en règle générale ? demanda le vendeur d'origine pakistanaise, mais ça n'excuse pas tout, je crois.

— 1,63. Sauf exception.

— En règle générale ? s'assura le vendeur au français impeccable.

— J'aurais tendance à dire oui. Je vous sens déçu par ma réponse.

Je dis à mon père que je l'aimais très fort.

« Et Catherine t'aime sans doute plus fort encore », ajoutai-je alors que ma sœur ne pouvait pas entendre, et sans savoir si 'plus' était possible ou mesurable.

Le monde est sous la menace et l'amour en terrasse.

Puis vint le 31, réveillon et jour de l'an : « Justine ? » « Si tu entends la musique très fort, c'est normal, d'ailleurs je te rappelle vite fait que tu étais invité ! Bonne année, Philippe ! Au fait, c'est Justine ! Je t'embrasse ! »

« Bonne année, Justine. Au fait, merci. Je t'embrasse vite fait. » (1/1/2011, 0 h 01) « MERCI d'avoir appelé, Justine », je pensai cent fois plus fort qu'entre mes lèvres.

La bête s'approcha pour câlins.

Je m'éloignai rapidement.

Elle me courut après. Alors câlins. Bonne année, *toi*.

Peu après, la *SNCF* nous présenta ses vœux.

« La SNCF vous souhaite une bonne année 2007

et vous prie de l'excuser pour ce retard. »

J'échangeai le pull pour la taille au-dessus.

— Donc, il ne mesurait pas 1,63 ? ce jour-là ?

— Oh, il était beaucoup plus grand, sorti grandi d'une discussion.

— Et il pèse combien ? — En règle générale ? — C'est évident.

— Vous êtes toujours très agréable ?

— Non, pas toujours. Mais en règle générale.

— C'était qui votre conseillère d'orientation ? la stagiaire de 3ème ?

17.

Justine m'avait tout raconté : David et Leïla, ce n'était plus seulement du flirt, c'était aussi un baiser devant le distributeur de potages.

Ça ne l'avait pas empêché de présenter son 20 heures, puis de retrouver Marie-Cécile, sa tendre épouse, ainsi que Marie-Pierre, Marie-Dominique, Marie-Jeanne, Anne-Marie, Jean-Louis, Jean-René, Jean-Loup et Jean-Jacques, sans oublier Marie-Myriam, Marie-Médor et Jean-Rex, ses nombreux enfants ou jeunes labradors. (Parfois, il concédait une préférence subtile pour Jean-Rex et un attachement un peu spécial pour Marie-Cécile.) (et Marie-Médor.)

Marie-Cécile leur avait préparé un potage à la tomate.

La soupe donna si chaud à David qu'il ôta ses pantoufles, posa ses pieds à même le sol, c'était agréable. En revanche, Marie-Médor ne manquait pas de mordiller ses pieds, à présent, et c'était déjà un peu moins agréable.

Épouvantable idée, le potage, redoutable, le velouté, ça lui rappelait trop le boulot, le distributeur, le pas de côté.

Il sourit. Elle aussi. Eux aussi.

Et Marie-Médor mordillait toujours sans répit.

Il décida de laisser la bête s'amuser encore quarante secondes.

« Et *PSA*... ça roule ? », demanda-t-il pour se rendre intéressant.

« Mange ta soupe. » Il sourit. Elle aussi. Eux aussi.

Il savait que Marie-Cécile sortait tout juste d'un conseil d'administration hautement stratégique, particulièrement houleux, qu'elle était singulièrement sur les rotules, passablement sur les nerfs, alors il mangea sa soupe tant qu'elle était chaude. Il se dit aussitôt que la phrase précédente comportait trop d'adverbes et qu'avec un peu de chance il trouverait toutes les infos relatives au job de Madame demain dans les journaux. Il se dit aussi qu'il était fatigué.

Fin des quarante secondes, David enfila ses pantoufles, Marie-Médor mordilla les pantoufles et Jean-Rex aboya, puis préféra aller boire plutôt que voir ça.

David se tourna vers les enfants, il sourit à Marie-Pierre, Marie-Dominique, Marie-Jeanne, Anne-Marie, Jean-Louis, Jean-René, Jean-Loup, Jean-Jacques. Marie-Myriam, qu'il avait eu le malheur d'oublier, venait de lui filer un grand coup de chausson dans le tibia, ce qui ne manqua pas de faire aboyer les chiens, qui ne rataient pas une occasion.

Poussé par la pédagogie, David dénonça Marie-Myriam.

« Les enfants, vous voyez bien que Papa est fatigué. Alors, laissez-le finir son potage sans shooter constamment dans ses tibias. »

« Je peux aussi ne pas finir ? » « Non. »

Marie-Médor se calma en reprenant la pantoufle gauche d'un solide père de famille là où elle l'avait laissée : Jean-Rex flaira la bonne idée, il rappliqua aussi sec, après avoir retroussé toutes ses babines.

À présent, la dizaine de mioches au grand complet le fixaient : sentant une pointe de réprobation dans le regard de ses quelques enfants, il se dit que sa profession prenait trop de place, l'éloignait de ses rejetons, bien qu'ils dînassent groupés gentiment à un horaire peu compatible avec les exigences du CE2.

« On n'a pas des métiers faciles. Pour des parents. »

« Oui. Surtout moi », précisa Marie-Cécile.

* * *

23 h 15, sms « Bonsoir,

Comment allez-vous, Philippe Simon-Parker ?

Bien à vous,

Marc Platini »

« Je vais bien, merci.

Et vous, monsieur Marc Platini ?

Bien cordialement,

Philippe Simon-Parker »

« Impeccable, Philippe.

Merci à vous,

Amitiés »

« Je vous en prie, Marc. Au moins, ça nous aura permis de réviser nos noms et prénoms, ainsi que les formules de politesse les plus courantes.

Surtout que des noms, vous en avez beaucoup, y a un roulement, ça change continuellement.

Veuillez accepter, Monsieur, mes salutations outragées (elle est moins connue, celle-là, mais ce n'est pas la moins efficace) »

« À bientôt, Philippe. » « À bientôt, Marc. »

23 h 20, sms « Bonsoir Philippe, Ça va ? Balance des news... Bisous. Leïla »

Oui, nous nous sommes rencontrés, avons sympathisé sans potage à la tomate, un jour où j'ai passé une tête à *France 2*, pour une petite fête sur une idée originale d'Arlette.

« Impeccable. Peux-tu appeler Jean-Luc ? pour lui dire d'appeler Justine ? Elle en a besoin, ce soir. Et je suis content que tu ailles bien, Leïla. »

« Je te rassure : là, il l'appelle. Mais, moi, je n'ai jamais dit que j'allais bien. »

Un soir, j'envoie une vidéo du *Groupe d'action discrète*, par mail :

Camionnette de Police. Juste devant, un policier qui compte les manifestants : « 1984, 1985, 1986, 1987, 1988, ... » Un collègue, dans la camionnette : « Tiens, Didier, un petit 51 pour te réchauffer ! » « Euh... ouè. » Il boit la bière et reprend le comptage : « 51, 52, 53, 54, ... 880, 881, 882, ... » Le collègue : « Didier, je te remets une 33 ? » « Ouè. » « Tiens ! » Il boit la bière et reprend le comptage : « 33, 34, 35, 36, 37, ... 550, ... » Deux autres policiers picolent, mangent, au fond de la camionnette ; le collègue leur demande : « Il reste qu'une 16 : c'est pour qui ? » « J'en ai une. » Donc, le collègue : « Tiens, Didier, prends une 16 ! » Il boit la bière et reprend le comptage : « 16, 17, 18, 19, ... 1000, 1001, 1002, ... » « Tiens, Didier, il faut finir la 8.6 ! » Il boit et reprend (mais tourné vers la camionnette, il compte ses collègues) (plusieurs fois) : « 8.6, 8.7, 8.8, 8.9, 8.10, 8.11, ... », son brassard 'Police' sur le front, son collègue affalé sur le ventre, les autres collègues qui continuent à boire. Soudain, vision des rotatives du journal du lendemain, et la Une du *Figaro* :

65 000 manifestants selon les organisateurs,

un demi selon la police.

Leïla : « Tu l'as montrée à Justine ? »

Justine : « Tu l'as envoyée à Leïla ? »

Justine : « Jean-Luc a ri, mais j'ignore s'il a compris. J'ai toujours un doute avec lui. »

Moi : « Poser la question, c'est déjà y répondre. »

Elle : « Toi et moi, on a un mauvais fond. Désormais, c'est sûr, on est fixés. »

18.

— Allô ?

— Philippe ?

— Justine ?

— Mon père...

— Oui ?

— Mon père m'a dit.

— Oui ??

— Mon père m'a dit. Ce qu'il a fait. Pour moi.

— Il a dit... Il a fait quoi ?

— Mentir. Par omission. Puis avouer. Quand je lui ai demandé si tout venait de lui. Avouer. Que tout venait de toi. Chacun de tes vœux était pour moi. Même les plus fantaisistes, les plus débiles. Je plaisante. Ce sont des émotions, des trésors, pour la vie. Jamais je n'aurais pu imaginer un tel... 'attachement'.

— Ton père parle trop.

— Alors, il me l'a bien caché pendant vingt-six ans.

— Justine...

— Merci.

— Justine...

— N'empêche, Bruel, tu aurais pu éviter. Et Bégaudeau...

— Justine, tais-toi.

— Je plaisante.

— Ah c'est ça... Je me demandais pourquoi je riais si fort. ... Justine...

Quand le jour se fait trop long

Quand la nuit se fait trop blanche

Quand cela fait déjà trop longtemps

Que tu n'attends plus rien du lendemain

Comme la lourde certitude

Que la douleur épousera ta solitude

Que la douleur aura toujours la même couleur

Entre rouge et noir, une couleur sans espoir

Quand les absences et les manques

Ne te donnent jamais droit au repos

Quand l'amour est toujours de trop

Qu'il préfère se donner à des plus forts

À des plus belles, à des plus beaux

Quand la vie se fait trop dure

Qu'elle s'acharne à t'exclure

Toi, qui as trop souffert

Toi, qui es trop sensible

Toi, qui vis sans armure

Toi, qui vis sans douceur

Quand demain est un jour de trop

Quand demain est le jour de trop

Tu penses que tu n'as plus le choix

Tu te trompes pour la dernière fois

C'est trop tard, tu t'en vas

Jamais tu ne sauras que la vie est douce parfois

Jamais tu ne sauras que la vie est belle

Jamais le soleil ne viendra plus pour toi

C'est trop tard, tu t'en vas

  Maman, tu pleures

Pardonne-moi, je ne voulais pas te faire ça

Mais je pensais que je n'avais pas le choix

Papa aussi, pardonne-moi

Je n'ai pas fait ça contre vous

J'ai fait ça pour moi

J'ai fait ça contre moi

Je me suis trompé pour la dernière fois

Pardonnez-moi

Je me suis trompé

C'est la dernière fois

... ... Merci.

Elle ne dit rien pendant quelques secondes.

— « Merci », c'est aussi la poésie ?

— Merci de m'avoir sauvé la vie.

— Pardon ??!! Tu disais ?? Tu...

— C'était il y a dix ans, c'était la nuit, une rue déserte, c'était un garçon de 18 ans qui voulait mettre fin à ses jours, venait de prendre des doses suffisantes de médicaments, était sorti de chez lui pour une dernière bouffée de vie... ou pour te rencontrer. Ce fut un coma, on prépara la famille au pire, il y eut aussi quelques amis et des illusions enterrées chaque jour un peu plus. Mais un jour... La réanimation allait se poursuivre, le garçon allait vivre, la famille aussi, les très proches. Tu as su l'issue heureuse, sans jamais vouloir connaître son nom. C'était toi et c'était moi.

— C'était toi...

— Ensuite, je suis tombé amoureux. Mais les données étaient définitivement faussées. Et puis... cette proposition incroyable de ton père. Cette occasion de te rendre un tout petit peu de ce que tu as fait pour moi.

— J'ai juste appelé les secours, il y a dix ans.

— Tu as appelé les secours, il y a dix ans.

— J'étais là quand... mais ça aurait pu être n'importe qui.

— C'était toi.

— Tu avais 18 ans.

— Tu avais 16 ans.

— Tu étais dans un tel état...

— Tu étais si belle... Même inconscient, j'ai toujours su que tu étais belle. Mais belle à ce point, ça, personne ne peut savoir que ça existe, avant de savoir que tu existes. Je t'ai suivie sur Facebook, parce que je te signale que nous sommes amis, enfin tu es amie avec Bruno Wayne, tu es très à jour sur les Marvel, Batman-connais-pas, et... un jour pas comme les autres : une photo où l'on distinguait *toi* et une partie du nom du club de tennis. Serais-je devenu amoureux ? Si juste toi ? Ça semble évident, mais on ne le saura jamais. En revanche, on sait que toi... non.

— Parce que... tu voudrais de moi ??

— ... ... Non.

— Non ?

— Non.

— Je... Je te fais souffrir ?

— Non.

— Dis-moi.

... ... Dis-moi.

— Tu as la beauté de ta gentillesse qui me fait fondre, de ton intelligence qui me met à genoux, de ton visage angélique qui arrête le cours du temps, quoi de plus doux que ces euphémismes ? Quoi de plus violent, aussi ? Tu as cette grâce ultime qui éteint tout espoir dans l'œil de celui qui rêve de quatre-vingt-dix pour cent de toi plus dix pour cent de gros défauts pour éviter le vertige, on ne veut pas l'Everest, non, on veut l'Annapurna, voire l'Alpe-d'Huez. Mais si ça reste confus, fais-moi signe, Justine.

— Et je n'ai rien vu, rien voulu voir.

— ... ... Tu sais que ton père te trouve très belle ? Il dit que tu as un petit côté Mélanie Laurent.

— Oui ? Mais plus Laurent que Mélanie, alors.

— Tu vas chercher très loin pour dire une bêtise.

— C'est vrai qu'il me trouve belle ?

— C'est peu de le dire. Pas le genre menteur, en plus. Tu ne peux pas imaginer son émotion quand il parle de toi et de ses erreurs de père ; il est nul, je crois, mais il t'aime, je crois.

— Merci.

— Si je mettais ça dans mon roman, je recevrais des pierres dans mon nouveau rétroviseur. — Tu n'as pas de véhicule à moteur.

— C'est bien pour cela que je peux me le permettre.

— J'aimerais essayer quelque chose avec toi.

— Non.

— J'aimerais essayer quelque chose avec toi.

— Non.

— J'aimerais que tu dises oui.

— Oui. — Oui ?!! — Oui. — ... ... C'est génial...

— C'est surtout une énorme connerie. La connerie de l'année.

— Pas du tout. — Tu es si belle.

— Ne crois pas tout ce que dit mon père.

— Il m'a dit des choses qui étaient beaucoup plus difficiles à croire.

— Un jour, je te dirai que tu es beau.

— Le jour où tu le penseras ? Parce que l'affection ?

— Le jour où tu seras prêt.

— Pas beau, mais indémodable, lien de causalité. Normalement, je ne devrais pas avoir besoin de te le préciser ; le lien de...

— Je souris. — Ça se voit, tu sais.

— Je souris. Souvent, je souris en pensant à toi.

Le vœu offert à son père avait peut-être tout changé.

En disant « Oui » à Justine, en l'exauçant, c'était un dix sur dix.

En repensant à cet instant, j'ai toujours la douleur, celle de ne plus respirer, de la gorge serrée, et celle de résoudre une équation à dix inconnues en sachant que ça ne se reproduira plus jamais.

— Au fait... Tu peux le lire, à présent.

— ... ... L'héroïne s'appelle comment ?

— Tiffany 'est pure merveille', une intelligence comportementale hors du commun et la plus belle voix du département, chaque mot qu'elle sélectionne est un choc émotionnel, sa voix est interdite aux moins de 36 ans et aux diabétiques, aucune dérogation n'est accordée ou envisagée. Mais l'héroïne, la vraie, c'est Justine. — Et le héros ?

— Ce n'est pas un héros. Sinon, il s'appellerait Jean-François. Et ne t'aurait jamais rencontrée la première fois.

— As-tu déjà vécu...?

— Les cas de syncopes sont rares sur mon passage.

— C'est impressionnant : moi, ils sont inexistants.

— Une attardée *light* a concédé « Je t'aime car toi et moi, on est pareils ».

— Lucide, la gamine.

— Y a eu un cas... ... d'attirance réciproque évidente, féroce, inouïe. Elle allait partir, ne plus me revoir, m'a demandé trois fois : « Vous avez quelque chose à me dire ?... Vous avez quelque chose à me dire ??... Vous avez quelque chose à me dire ??? » Rien... J'ai tout gardé à l'intérieur. Elle n'a pas compris.

— Parce que *moi* ?... ... Parce que moi... ... Parce que moi. Je suis désolée... ... de ne pas être désolée. Enfin si, quand même. Merde !... Merde !!... Merde !!!

— Je suis désolé qu'elle n'ait pas eu les éléments pour comprendre, essayer au moins de me déchiffrer. Points de suspension qui résonnent tel un point final, un clou dans le cœur et des coups de marteau par mauvais temps.

— ... ... Oui.

— Je plaisante. Bien sûr.

— Je ris. Évidemment.

— J'avais bien noté.

19.

Attention, si tu viens de rire dans le métro, le bus ou le tramway, le nez plongé dans l'intégrale de Marguerite Duras, un œil sur celle de Robert Badinter ou Jacques Attali, ne dis jamais « Pardon ! J'ai pouffé », ton public de plus en plus atterré commencerait alors à prendre ses distances, ce qui, je le rappelle, ne doit pas être l'objectif prioritairement recherché.

Si tu n'es pas encore assise, assis, ou si tu as une file de grabataires devant toi, qui lorgnent ton strapontin une carte d'invalidité dans chaque main, la bouche grande ouverte (pour peu qu'ils aient la chance inouïe de posséder tous ces organes, trois molaires, plus la carte), oublie vite tous mes conseils sur « Pardon ! J'ai pouffé ».

Sinon, selon Wikipédia, Ariel Wizman est un musicien, journaliste, animateur radio-télé et comédien français. Ils précisent que : sa famille, comme bien des familles d'origine juive du Maroc, quitte son pays à la suite de la guerre des Six Jours et s'établit en Alsace.

À Paris, Wizman rencontre le philosophe Emmanuel Levinas, puis, au cours d'une fête tzigane, il se lie d'amitié avec Édouard Baer. Tous deux animent *La Grosse Boule* sur *Radio Nova* et collaborent sur un grand nombre de projets. Journaliste notamment pour *Actuel*, puis plus tard pour *Vogue Homme* ou encore *20 ans*, Ariel Wizman a aussi produit quelques émissions pour *France Culture*.

Actuellement, Ariel a une forte activité de DJ.

Moi, je me souviens de cette pièce de théâtre qu'il a jouée en 2008.

Good Canary, au théâtre Comedia et en direct à la télévision.

Avec Vincent Elbaz et Christiana Reali.

Ce jour-là, avant de jouer, il a dit qu'il n'avait pas le trac, qu'il ne connaissait pas le trac. Ni à la télé, ni sur scène, ni jamais.

Ce jour-là, avant de jouer, il a dit ça.

Et moi, je n'ai pas compris.

Moi qui ai peur souvent.

Moi qui appréhende.

Moi qui tremble de la tête aux pieds, moi qui ai les mains moites.

Moi qui transpire. Moi qui sais que les déodorants ne sont pas efficaces 48 heures en milieu hyper hostile.

Aujourd'hui, j'ai compris. Ariel va mourir, un jour.

Et il le sait. Il le sait depuis longtemps et il s'amuse beaucoup.

Ariel s'amuse comme un petit fou. Parce que ce type est un génie.

Pendant toutes ces années où je tremblais, ce type relativisait, il animait des émissions, montait sur scène, il sauvait des balles de match et relativisait.

Si je connaissais ce garçon, je dirais : « Je connais ce type. Ariel est le garçon le plus intelligent que je connaisse. »

Ce soir, je revois le père de Justine pour la première fois, nous sommes au restaurant et il m'annonce :

— Justine ne viendra pas, ce sera juste vous et moi.

— Ah ? C'est Génial. — Ah oui ? Vous le prenez plutôt bien.

— Non : Génial, c'est le nom du collègue avec qui elle bosse en ce moment.

— Eh bien, en voilà un qui avait déjà la pression dès l'embryon.

— Bien sûr. ... ... Je ne ris pas encore, mais j'ai déjà compris.

— Je crois que j'aurais préféré l'inverse. Mais c'est un peu égoïste.

Moi, au serveur : « Je prendrai une sole meunière. »

Platini : « La serviette, là, avec une tache jaune, c'est normal, peut-être ? »

« Jaune ? » « Jaune. » « J'aurais dit rose pâle. »

— Ça change quoi ?! Et la serviette, là, avec une tache dont je vous laisse *bien définir* la couleur, c'est normal, peut-être ?

— Non. (Le serveur, très calme)

— La fourchette, là, avec une saleté, c'est normal, peut-être ?

— Non. (Le serveur, très calme)

— Le verre, là, avec des traces de calcaire, c'est normal, peut-être ?

— Peut-être.

— Et sur la nappe, là, vous voyez les saletés ?

— Quatre. J'en vois quatre. Non, cinq.

— Vous me changerez tout ça. — Sans faute.

— Sans tarder, ce serait bien, aussi. Philippe, vous prenez la sole meunière ?

— Oui, confirme le serveur.

— Oui, je la tente.

— Dites-moi : votre poisson, il est bien frais ?

— Ah non. Il est bien chaud.

— Mais avant ? il était bien frais ? — Avant. C'est ça.

— Quand vous dites « Avant » : c'était quand ?

— C'était... C'est... C'est récent.

— Récent comme 'aujourd'hui' ?

— On est mardi ? — Vendredi. — Vous en êtes tout à fait sûr ?

— Évidemment : j'ai mené une enquête approfondie, sans concession.

— Sachez, apprenez, qu'il souffre d'humour mimétique, *oui*, *si*, et, bien sûr, tout est de ma faute, depuis le début.

— Donc vendredi. Donc... n'ayez crainte. Sans problème. En plus... avec l'heure d'été... — L'heure d'été ?! — Qui approche.

— Et vos œufs ? ils sont frais ?

— Mais certainement : pondus y a pas dix minutes. Un régal. Sans égal.

— Alors une omelette du chef. Pour vérifier uniquement. Et dans une assiette propre, s'il vous plaît.

— Je vais plutôt tenter l'omelette, moi aussi, s'il vous plaît. Les problèmes de santé attendront, finalement.

Je souris au serveur, qui tourne les talons.

— Philippe, vous êtes nerveux ?

— C'est-à-dire, vous m'avez rendu nerveux... tous les deux.

— Surtout lui. On se tutoie ? — Non, surtout *toi*.

— Grâce à Justine, je t'ai vu à la télévision. Tu as beaucoup de progrès à faire, aisance faiblarde, sans parler des vêtements, enfin de ton accoutrement parsemé de touches de mauve : Philippe, tu ne peux pas te permettre de porter du mauve ; du tout. Et crois-moi

Je le stoppe net : — Merci, mais arrête avec les compliments, je vais bientôt recevoir le pot avec les fleurs.

Le serveur revient avec les plats et demande :

— L'assiette propre, c'est pour qui ?

Le serveur à peine reparti, il enclenche la riposte :

— On ne va peut-être pas faire l'économie d'une belle gastro, mais c'est sûr, on va faire des économies de pourboire.

— Et de remerciements ?

— Non : on n'est pas des sauvages. Et surtout il est possible que je revienne.

Mon téléphone vibre, je le prie de m'excuser, je lui dis :

« C'est elle » « Elle rit » « Elle rit encore ».

Elle est écroulée de rire. Je ne comprends rien de ce qu'elle me dit, mais je rigole moi aussi, sans savoir pourquoi, si ce n'est que c'est contagieux quand c'est bien fait. C'est bien fait.

« Ben, j'étais en train de rire, alors je me suis dit que j'allais t'appeler et que tu rirais. »

Et le pire, c'est que ça marche.

Non, le pire, en réalité, c'est Lionel Jospin abattu par 'la Brute' et 'le Truand', le 21 avril 2002.

Une crise de fou rire communiquée par téléphone.

« Je sais que c'est Génial, il te fait toujours rire, en principe sans le vouloir. » « Avec mon père, ça va ? »

« Ici, on rit moins. Dans l'ensemble. Le serveur et lui ne sont pas d'accord sur tout, mais y a du mieux et je t'en dirai plus quand *il* cessera de me regarder. ... Oui, avec ses gros yeux. »

« Donc je te manque atrocement ? »

« Je n'irais pas jusque-là. Par peur des représailles.

C'est ça, il entend tout : faiblement, mais tout.

Oui, c'est ça qui est atroce. En fait, sa présence est plus dure que ton absence, je te le confirme.

Je sais très bien que tu ne l'as pas dit, mais j'ai deux vies à sauver, moi. La mienne et celle du serveur, dont l'avenir se dessine plus à l'intérieur de raviolis chinois qu'ici à en servir.

Note bien, il n'est pas doué, alors qu'il sera sans doute délicieux.

Bien préparé, bien mijoté, il doit être tendre parce que, crois-moi, ce n'est pas un grand nerveux.

Mais non, Gus ne finira pas en raviolis chinois, je te le promets.

En hachis Parmentier, non plus. Voilà.

Ni couscous boulettes, ni blanquette de Gus, il a été un légume toute sa vie, il va continuer après. C'est triste mais je dois te laisser, y a le ravioli chinois qui revient tester le système nerveux de ton père. »

Le serveur : — Ça vous plaît ?

Marc : — Ça laisse à désirer. Le service avait donné le ton.

— Mais je laisse souvent à désirer.

— Reposez-moi la question. — Ça vous plaît ?

— Ce sont mes avocates qui vous répondront.

— Il est foufou ce soir, je dis et regrette aussitôt. Pardon, Marc. Monsieur, je ne connais même pas votre nom. Moi c'est Philippe.

— Appelez-moi Hervé.

— Pourquoi ? — C'est mon prénom. — C'est une excellente raison.

— Le plat vous plaît, Philippe ?

— Je n'irais pas jusque-là, Hervé. Mais en se forçant... c'est jouable. Surtout que l'ambiance est détendue. La digestion facilitée.

— Vous mettriez quelle note ? — 1.

— Vous mettriez quelle note ? — J'avais compris. Donc, 1.

— Sur 5, sur 10 ou sur 20 ?

— Les trois. C'est caritatif, histoire de ne pas noter 0.

— Bon appétit.

— Merci. Pour les encouragements.

— C'est important.

— Oui. Là, oui. Hervé. C'est la dernière carte. Pour une jolie soirée.

20.

Quelques mois plus tard

Dimanche midi. On sonne. Elle se lève.

Le sonneur : « Djian m'a parlé de vous. »

Elle : « Djian m'a parlé de vous, aussi. »

Michel Houellebecq : « Il vous a dit du mal de moi ?! C'est ça ?! »

« Non, il a dit que vos deux premiers romans étaient bien. »

« Il a dit ça... »

« Vous avez l'air... Vous n'avez pas l'air bien. »

« J'ai couru. Avant-hier. C'est même comme ça que j'ai rencontré Djian. »

« Non ? ... Oui ? »

— Oui : il me dit qu'il est content de me retrouver en pleine forme, parce que je cours comme un cabri : je lui dis que je suis en retard pour ma séance de kiné : il me dit que je suis souvent en retard : je lui explique que ce n'est pas de ma faute, mais celle de ma généraliste, qui était en retard, elle : il essaie de me dire qu'il connaît bien le problème, qu'il anticipe en espaçant deux fois plus qu'avant : je lui dis que je ne lui donne pas tort, mais que le jour où ta psychiatre ne peut pas te prendre, en urgence, avant onze heures moins vingt-cinq, ça devient compliqué. D'anticiper.

— Et ? — J'étais encore plus en retard, une horreur.

— Il vous a parlé de moi ? donc ?? — Avant, je courais après les filles, je lui ai dit. Et aujourd'hui ? il m'a dit. Celles qui me plaisent, je ne les rattrape plus. Après, on a parlé prostitution et de toi.

— Merci. C'est très flatteur.

— De rien. C'est venu très naturellement.

— J'hésite entre rire et vous flanquer une baffe.

— Je peux émettre une préférence ?

— Bien sûr. Ça va m'aider. À vous contrarier.

— C'est moi qui ai parlé prostitution, et lui de la fraîcheur incarnée.

— Ça tombe bien, je suis contre la violence. Et vous écrivez ? Malgré votre... étonnante bonne santé actuelle ?

— Oui : une trilogie. Le premier volet s'intitule *Des rêves de Candeur*. Le suivant, *Candeur et Décadence*.

— Et le troisième ?

— Non : ce sera une trilogie en deux volets.

— Pourquoi ? — Ça nourrira la buse.

— C'est important de n'oublier aucun animal à l'heure des repas.

— Pardon ?? — Non, je voulais dire : Ça 'alimentera le buzz'.

— Mais ce n'est pas du tout ce que vous avez dit.

— C'est possible.

— Ah oui... Oui. Sans aucune indiscrétion, vous avez un amoureux ?

— ... Non.

— Et il s'appelle comment ?

— Philippe.

— Djian !!! La p'tite salope !!

— Non !

— Ne le défendez pas davantage, cette ordure ne le mérite pas.

— C'est un autre Philippe, amoureux *en vrai*, mais qui se refuse le droit de simplifier les choses.

— On dirait qu'*il* est votre idéal ? ce grand tordu ?

— Non. ... Mon idéaliste.

— Merde... Merde.

— Mais je suis confiante. — Merde. — Il va revenir.

— Ils reviennent toujours, punchlina Houellebecq.

— Il vous a fallu cinq secondes pour trouver ça ?

— Non. Cinquante ans. Et quatre secondes.

— Cinq. ... Vous savez ce qu'il m'a dit ?

— Je vais bientôt le savoir.

— « C'est l'histoire d'un amour qui a débuté trop tôt. »

— Ils disent tous ça.

— « tous » ? — Depuis toujours, les excuses 'fausses barbes' sont inventées par les hommes pour des femmes comme vous.

— Bonjour, les généralités, et au revoir, si possible.

— Je rappelle que ma santé laisse à désirer. Alors, mollo. Mollo.

— L'ennui est que, s'il revient, il veut que je prenne un amant.

— *C'est une proposition ?* — Non. Ou plusieurs amants.

— *Là c'est une proposition ?* — Toujours pas. — Aaah.

— Il a été catégorique : « Tu ne crois quand même pas que je vais endosser l'entière responsabilité de ta sexualité. »

— Ce garçon a les idées claires. Et je ferais bien partie du peloton.

— D'exécution ?

— Pardon. J'ai *parfois* un humour un peu houellebecquien.

— Non. Pas tant que ça.

— Vous avez préféré Djian ?

— Évidemment. Mais nous avons passé plus de temps ensemble.

— Ça doit être ça. — Oui. — Je gagne à être connu.

— C'est aussi ce que répétait l'étrangleur de Boston.

— Promis, je n'ai jamais mis les pieds à Boston.

— Mais étranglé, oui ?

— Les inspecteurs des impôts, ça m'arrive. Par mesure de réciprocité, le jury appréciera.

— Je passe l'éponge. Alors, vous m'emmenez déjeuner ? Michel ?

— On va aller au même endroit qu'avec Djian, pour faciliter la comparaison. Dans la mesure du possible.

— Tout est possible.

— *C'est une proposition* ?

— NON. Vous êtes sûr pour Boston ? Pas un pied, pas un orteil ?

— Je me bafferais si j'étais violent en plus d'être idiot.

— Vous n'êtes pas idiot, vous êtes stupide.

— Vous pensez que c'est mieux ?

— Les chances de guérison ne sont pas du tout les mêmes.

21.

Quelques mois plus tôt

À ce jour, toutes les équations du monde comportaient deux grandes inconnues : le salaire d'Add-Elle (hors statu quo) et celui de Gus (hors Bounty). Elle exigeait un milliard mensuel, il en était à trois José et demi, au dernier pointage.

Gus se présenta presque à l'heure au travail ce matin-là, armé de quelques chewing-gums goût neutre et de trois Palmito. Personne ne l'attendait si tôt, c'est quoi neuf minutes de retard ?, alors il entreprit de gratter un demi Kit-Kat à la nana des 'DVD sous le manteau', avant de penser à travailler, et elle préféra ne pas prendre de risques. Ensuite, il prépara les cafés des habitués, avant de s'endormir comme une masse en salle de pause. Là, il était au sommet de son art. Et personne n'osa le réveiller, tant la prudence prévalait en toute circonstance.

Les grumeaux surdosés étaient redoutables et il était bien le seul, ici, à ne pas en avoir besoin. Sur Gus, on était plus proche de l'anesthésie générale, de l'euthanasie ou du crime organisé, que du calmant.

Quand il se réveilla, la nuit était tombée, les lumières de la ville avaient pris le relais. Encore dans le coaltar, il aima plus que tout se laisser bercer quelques secondes par l'agitation feutrée, plus bas sur le bitume, abandonna la baie vitrée pour le frigo, sortit les grumeaux, ouvrit le micro-ondes : il les préférait tièdes.

S'il avait eu la faculté d'être sidéré, c'eût été une franche occasion : il perçut d'abord une voix, puis, après s'en être approché, une lumière émanant du seul bureau qu'il avait toujours connu fermé : la porte était entrouverte, le son distinct, le haut-parleur activé.

C'est d'abord *elle* qu'il entendit :

— Ne vous arrogez pas des droits qui n'existent que dans ce qui vous fait office de cerveau, être mon époux ne vous en donne aucun, et surtout pas celui de vous adresser à moi comme à un vulgaire camarade de régiment !!! Dorénavant, soyez vigilant ! Que je n'aie pas à le répéter !!

— Je vous prie de bien vouloir accepter mes excuses les plus plates, Georgina.

— Et veuillez cesser ces familiarités grotesques avec votre descendance !!

— J'ai toujours vouvoyé Victoria et Gontran en votre présence, mais...

— Mais vous êtes suffisamment faible et laxiste pour les tutoyer en mon absence ?! Ce qui explique Gontran vous tutoyant au réveil.

— Il a 8 ans, elle a 9 ans...

— Vous m'étonnez beaucoup, j'étais persuadée qu'ils étaient majeurs depuis des années. Si vous décidez de partir à la dérive, ne m'imaginez pas en être la complice. Rien n'est éternel, très cher époux. Je me répète pour être bien comprise : ne comptez pas sur ma complaisance, encore moins sur ma passivité.

— Je sais que vous avez vos sources de soucis, vous aussi...

— Ça y est : le retour du copain de régiment !!

— Très Chère, vous avez parlé normalement ! Enfin... comme le peuple.

— Vous êtes le centre de gravité du laxisme, je vous imitais, j'ai réussi.

— Votre sens de l'humour, divin, est un mystère.

— Et le restera. Au moins jusqu'à demain.

— Vous allez œuvrer tard, Très Chère ?

— Vous pouvez dire 'travailler', ne soyez pas ridicule systématiquement, c'est usant. Mais, oui, « mes soucis » pèsent un milliard par mois, bientôt en CDI, alors, non, je ne me limite pas à 35 heures. Ou si, à la rigueur, à l'intérieur d'une journée.

— C'est impossible. — C'est vous qui êtes impossible.

— Les enfants vous embra...pensent fort à vous, avec tout le respect qu'ils vous doivent, et se permettent aussi de vous souhaiter une agréable nuit.

— C'est noté. Ça va bien m'aider. Ils devraient surtout penser fort à la Guyane pour tenter ou retenter leur CE2. Personne de sensé ne pourrait les supporter très longtemps, il faut les émanciper et les bloquer dans l'hémisphère sud.

La conversation en resta là et Gus s'était tout de même laissé *surprendre*. *Enfin*, par l'effet de la farine, qui, cette nuit, ne le plongeait pas dans le sommeil, mais dans l'euphorie douce.

Soudain, mû par la force de l'habitude et des grumeaux surdosés, il poussa la lourde porte du bureau et proposa un café à 'un public' interloqué :

— Un café, peut-être ? Ou peut-être un café ? Aujourd'hui, le sucre est en option : y en a qui ont de la chance, vraiment.

— Mais qui êtes-vous ??? De quel droit me parlez-vous sur ce ton-là ??? Et de quel droit pénétrez-vous dans ce bureau ??!

— J'étais à côté... J'étais dispo... Alors voilà.

— Vous n'êtes pas le nouveau cadre supérieur ?

— Je ne sais pas, on n'a pas abordé les détails.

— Plus simple : chez nous, vous gagnez combien ?

— Trois José et demi.

— Mais vous faites quoi chez XQ ? à part entrer dans ce bureau ?

— Je fais le café. Et des pauses, réparatrices.

— Le maître-chanteur !!! L'escroc !!! Le taré !! Le débile avec une avocate... Les sept plaies d'Égypte. À lui tout seul.

— Sept ? J'aurais dit plus.

— Non, pas plus. C'est déjà bien. Mais... qu'avez-vous entendu ? avant de... me proposer gentiment un café toutes options ?

— J'ai entendu beaucoup d'humour.

— Vous avez un exemple ? — Y en a plein...

— Mais votre préféré ? — Peut-être 'le milliard'...

— Alors, c'est moi qui vais vous offrir à boire.

— On est gentil chacun notre tour, alors ?

— C'est ça. Mais pour devenir vraiment amis, il faudra boire 'cul sec'.

— Voilà. Et chaque fois que j'entendrai 'cul sec', je penserai à toi, Georges.

— Mais vous êtes fou ??!!! De quel droit me tutoyez-vous ??!! Je suis votre PDG, misérable minus, je vous ordonne..., dit-elle d'une voix faiblissante.

— À toi je peux le demander : trois José et demi, ça va chercher dans les combien ?... hein ?... Mais, Georges, tu te ramollis, tu t'avachis, pourquoi t'es raplapla ?

— Il faut impérativement me vouvoyer, c'est un ordre, je vous en supplie...

— C'est d'accord. En échange d'une petite augmentation, la dernière, TTC.

— Escroc... ... Quatre José...

— Et demi ? Attention, seulement si tu peux. Mais ce soir, pour mes heures sup', on dit bénévolat, on part sur ça... tranquille.

— Mer... Merci... Je peux... Avec joie... Et demi... Mais vouvoyez-... ... vouvoyez-... ...

— Je vois qu'il se passe quelque chose, t'inquiète. Et merci beaucoup.

Elle puisa loin des forces insoupçonnées pour enfin savoir :

— C'est quoi cette odeur, cette infection ?? Un rat mort ? Une benne à ordures ? Un fennec ? Vous avez mangé du Rouy aujourd'hui ?

— C'est grumeaux, c'est allemand. T'inquiète.

— Faut aérer... Fenêtre... Pas tutoyer... Vouv... Vou... Vvv...

— C'est fou, Georges... J'aime bien parler avec toi. Avec une pointe de réciprocité. Sauf erreur de ma part.

Georgina ne survécut pas à ce tutoiement d'une familiarité sans équivalent. Pas plus qu'à l'odeur de Rouy, selon le légiste.

Gus ne se rendit compte de rien, il ferma les yeux, passa aux aveux :

— Hélas, ton regard va changer à jamais, je sais que tu vas mal le prendre, mal le vivre : je n'ai pas d'avocate. ... C'est ça, ne dis rien. En revanche, j'ai fait des progrès paradisiaques : être à l'heure environ et accepter de distribuer mes Palmito. Et de bon cœur, sans petits regrets, tu vois ? Tout bouge, Georges, tout. Tu es déçu, bouche bée ? Dis-moi. Raconte-moi. Je te sens éteint. Disons atteint. Disons contrarié, si tu préfères. Oui, tu préfères. Tu es un bon garçon, c'est ça ton petit drame, tu as le cœur gros parce que tu as le cœur grand, et nous, nous avons les crocs. T'inquiète, va !, ne cherche pas trop midi à 14 heures, je crois que je dis n'importe quoi. C'est fou, on se met dans des états pas possibles, surtout toi, alors qu'en fait tout va bien, Georges.

La presse du monde entier se jeta sur Gus Panaro, qui fut bien aidé par les caméras de surveillance pour reconstituer les faits.

En France, un numéro spécial de l'hebdomadaire satirique *Le Canard enchaîné* parut en quelques heures et titra sobrement :

« ELLE EST MORTE, ADD-ELLE »

Parmi les autres gros titres, on relèvera notamment :

« ADD-ELLE : L'IMPROBABLE DÉNOUEMENT »

« IMPOSSIBLE N'EST PAS FRANÇAIS »

« TUTOIEMENTS EN SÉRIE À PARIS »

« GUS : UN SERIAL TUTOYEUR À PARIS »

« TUTOIEMENTS MORTELS À PARIS »

« INSUPPORTABLE : LE TUTOIEMENT DE TROP »

« BOURSES : LE REBOND INTERNATIONAL »

« HAUSSE RECORD À LA BOURSE DE PARIS »

« LA CROISSANCE REVUE À LA HAUSSE »

« MAIS QUI ÉTAIS-TU, GEORGINA ? »

« TUTOIEMENTS EN RAFALE : UNE VICTIME »

« TUTOIEMENTS SANS PITIÉ »

« BONNES MANIÈRES : LE TALON D'ADD-ELLE »

« ADD-ELLE : LE SAVOIR-VIVRE L'A TUÉE »

« SANS PLEURS, NI COURONNES »

« SUSCEPTIBILITÉ : COMMENT LA CONTRÔLER »

« ÉMOTIVITÉ : APPRENDRE À VIVRE AVEC »

« TUTOIEMENT FATAL EN PLEIN PARIS »

« FUNESTE CONTRARIÉTÉ » « LÉTALE CONTRARIÉTÉ »

« DÉSAGRÉMENTS FATIDIQUES : LA LOI DES SÉRIES ? »

« TRÈS GROSSE CONTRARIÉTÉ » « DE SI VILAINS TRACAS »

« TUTOIEMENT : LES PRÉCAUTIONS À PRENDRE »

« EN FINIR AVEC LA MAUVAISE HALEINE »

« LE ROUY : COMMENT S'EN PASSER ? »

« FROMAGES À PÂTE MOLLE : COMMENT S'EN DÉFAIRE ? »

« ROUY ET VIE DE COUPLE : L'IMPOSSIBLE MARIAGE ? »

« XQ : LE CHOC » « XQ DANS LA TOURMENTE »

« AUGMENTATIONS DE SALAIRE : C'EST VRAIMENT 2 FOIS PAR JOUR ? »

« XQ vs GUS, DES CONCESSIONS POUR ÉVITER LES VAGUES »

« XQ : VIVONS HEUREUSE, VIVONS CACHÉE »

« L'ABC DE XQ » « XQ de A à Z »

« GUS : XQ, UNE D.R.H. EN QUESTION »

« GUS, RECRUE GRAND CRU - GRAND CŒUR ? »

« GUS AU BANC D'ESSAI : VIENT-IL D'UNE AUTRE GALAXIE ? »

« XQ : UN G AU PAYS DES PRÉNOMS EN J »

« GUS PANARO MET XQ DANS LA PANADE »

« XQ : UNE ACTION CHAHUTÉE »

« LA FEMME QUI VALAIT UN MILLIARD »

« GUS PANARO : UN CŒUR À PRENDRE ? »

« QUEL GUS ÊTES-VOUS ? » « MACABRE TUTOIEMENT »

« LA VIE D'ADD-ELLE » « LA GRONDE DES FROMAGES »

« AU PAYS DES FROMAGES QUI TUENT »

« ADD-ELLE : FROMAGE ET DESSERT »

Partout, des éditions actualisées du *Cluedo* intégrèrent le tutoiement et l'haleine au fromage comme armes du crime. En France, ce sont le chandelier et le fer à cheval qui en firent les frais, suscitant une vague d'émotion.

Une version clandestine remplaçait le Colonel Moutarde par Gus Panaro.

Des associations de défense de monsieur Moutarde virent le jour aussitôt.

On vendit plus de Rouy que de camemberts coulants ou de gruyère périmé, cette année-là.

Et Gus apprit par la presse spécialisée qu'il gagnait trois cinquièmes de ministre des sports, deux cinquièmes de ministre de l'Éducation Nationale, un dixième de secrétaire d'État à la condition masculine, un poil moins d'un vingt-cinquième de secrétaire d'État à la condition canine, un douzième d'emploi fictif à Levallois-Perret et une secrétaire d'État à la condition féminine. Et demie. Trois José virgule cinq valaient aussi 0,03 garagiste bordelais débutant (à temps très partiel) et 0,001 plombier tropézien (en stage de 3ème, Collège Eddy Barclay). Environ.

Les grumeaux ne furent jamais commercialisés.

En effet, il fut prouvé que, consommés tièdes, ils pouvaient perturber les équilibres psychiques les plus solides. Gus allait percevoir une prime de risques dont on mesurait juste qu'elle était « à quatre chiffres », a posteriori, à titre exceptionnel, sur un malentendu en entraînant un autre.

Justine, Tatiana et Fatou - du love site -, devinrent trois copines, alors qu'il se tramait quelque chose entre Gus et Juanita.

Elle désirait devenir sa moitié.

* * *

— Gus, je ne te l'ai pas demandé depuis sans doute trop longtemps, il y a de la poussière sur ma question, mais : tu comprends quand je te parle ?

— Non. Pas tout. — C'est beau, déjà.

— Oui. C'est toujours beau, un euphémisme qui passe inaperçu.

— Je t'aime... Quand même.

— C'est quoi, cette restriction ?

— Un euphémisme déguisé qui passe inaperçu. Je suis contente pour Juanita.

— À quel propos ? — Devine. — Elle va venir habiter chez nous...

J'ai pensé fort à Add-Elle et, tournant le dos à mon Gus, j'ai osé murmurer : « Tu y as pris goût ? C'est ça ? Mon salaud. »

J'ai dit, plus fort : — Bien joué, Bill ! À pareille altitude, il y a des neiges éternelles sur ta réponse. Et du verglas sous chaque neurone, ça patine sévère.

— Je ne m'appelle pas Bill.

— Ah bon ? Tu devrais. Y a un paquet de phrases où ça sonne bien. Tes parents ont dû beaucoup hésiter, d'ailleurs.

— C'est-à-dire, mes autres prénoms sont Franck et Frank, c'est éloigné. Mais j'ai failli m'appeler Bertrand, au lieu de Frank sans 'c'.

— Bertrand n'est pas un prénom, c'est juste un coup bas d'entrée de jeu.

— Alors, c'est d'accord ? Pour nous trois ?

— Bien sûr. Dans un monde imaginaire.

— Tu... Tu disais ?

— Bien sûr. Et si ça pouvait se faire rapidement, ce serait un peu l'idéal.

— Je ne te promets rien. Il y a une histoire de préavis... à poser demain, tôt.

— Tu as des nouvelles de tes parents ? — Je les vois très peu.

— La différence avec « jamais » se situe où ?

— C'est plutôt ça, jamais. Mais ils vont bien, ça ils vont bien.

— Tu m'étonnes. Tu m'étonnes.

— Apparemment, c'est spectaculaire, Tata Katia dit qu'ils ont rajeuni de dix ans. — Tu m'étonnes.

— Et maintenant, grâce à Tata Katia, ils savent que j'ai un logement stable.

— On n'est plus 'sur du dix ans', là, on en est à sortir sa pièce d'identité pour acheter une demi-clope ou un verre de cidre.

— Katia me l'a assuré, ils se sont bien calmés là-dessus.

— Tu m'étonnes. Pourquoi boire ? À quoi bon cloper ?

— Katia m'a demandé comment tu t'appelais.

— Tu lui avais caché ça...

— Je le lui avais dit trois fois, mais la durée de survie d'un prénom dans sa mémoire est inférieure à cinq secondes, je crois que c'est patho-pathétique.

— Soit c'est une pathologie, soit c'est la mort cérébrale.

— Tu joues à la vilaine ? la très vilaine ?

— Désolée, mais je viens d'apprendre une nouvelle qui m'a bien démolie : une personne que je connais depuis ma naissance... qui va devoir cohabiter avec un couple d'intellectuels récemment formé. Visiblement, le modèle standard de l'intellectuel français ou hispanisant ne craint pas la promiscuité entre 30 et 40 ans, c'est une leçon. Mais aussi une épreuve. Pour mon amie.

— Et toi qui ne me disais rien sur ton amie à problèmes.

— Et toi qui me disais tout. C'est l'essentiel.

— En tout cas, Katia m'a demandé comment tu allais, ça semblait très important pour elle.

— Tu m'étonnes.

— Mais qu'est-ce qui t'étonne ? Sa gentillesse ?

— Non. *Ma* genti...L'amour que je te porte, Gus.

— Mais je t'aime aussi, Justine.

— Tu m'étonnes. J'ai un frigo et un canapé-lit.

— Oui. Un frigo rempli et un canapé-lit.

— Bientôt rempli, lui aussi.

— Et sans aucun malentendu... majeur.

— Mais je croyais que, selon toi, ton existence elle-même était un malentendu majeur.

— Mes quatre grands-parents disent ça, c'est dur pour ma mère.

— Ah oui, ta... ta mère. ... Au boulot, tu fais quoi ces jours-ci ?

— J'essaie de me rendre utile.

— La question à ne pas poser : Comment ?

— Je dors beaucoup. — Et... ? — Surtout ça.

— Tu sers le café ? — Non, je le bois maintenant.

— Tu peux te le permettre avant la greffe de système nerveux.

— Oui, je sais.

— *Il sait*... Juanita dort un peu avec toi ? Pour plus de satisfactions ?

— Non, son travail est tellement différent, si chronophage, chacun son rôle.

— Dormir est devenu un rôle en entreprise ? Dis donc, une nouvelle ère s'ouvre... Je sens fleurir les vocations.

— Oui. Je suis optimiste moi aussi.

— J'ai toujours su que c'était ta *seule* qualité. Je voulais dire *principale*.

l'éditeur & moi, Première fois

— Et vous croyez vraiment que c'est ce que les gens attendent, Jean-Yves ?

— Disons que je suis auteur, pas livreur.

— Et disons que je suis éditeur aux idées larges, pas chef de meute des persécuteurs de poils qui dépassent, Yves. Je peux ? vous appeler Yves ? Ou on reste sur Jean-Yves ?

— Aucune importance, je m'appelle Philippe.

— Ah bon ? Je peux vous appeler Phil ?

— Vous y tenez, à raccourcir les prénoms.

— Phil, il nous faut un titre ! le titre ! De *ça*.

— « Si je commence à vous croire » — Là, vous pouvez, quand même.

— C'est l'un des titres envisagés.

— Alors, je veux bien connaître les autres. Tous... Tous les autres.

— « Bien au contraire » — Mais c'est très étrange comme réaction...

— C'est un titre. Une idée. — C'est plus une idée qu'un titre.

— « Tous mes vœux » — C'est parfaitement réciproque... fin octobre. Simple curiosité : chez vous, on est très en retard ou un poil en avance ?

— « La vie n'est pas une équation à 2 inconnues »

— C'est-à-dire, c'était une question facile, plutôt fermée, normalement. On va passer focus quand même, *là*. Plus tard, les généralités, après, les devinettes, les astuces.

— « J'aime bien parler avec toi »

— Évidemment, mais faut qu'on focus, faut qu'on focus grave.

— Je crois que ce serait merveilleux, grave merveilleux.

— Très mauvais titre. Salement répétitif, en plus.

— Dommage. J'y tenais beaucoup.

— Pas d'affolement, on discute, on garde l'esprit ouvert.

— Et ma rémunération ? On l'évoque maintenant ?

— Pas d'affolement.

— J'aime faire Kafka. — Ah ? On saura tout.

— Le secret pour bien faire Kafka, c'est de ne pas se retenir. Et d'avoir la fibre. — Matin, midi et soir, je connais… On joue dans la même équipe.

— Si les critiques disent « Il est con, c'type », je me passerai de bons papiers.

— Apprenez que ce n'est pas tombé dans l'oreille d'un sourd, je suis éditeur, pas unijambiste : vous craignez d'être catalogué, en cas de succès, donc vous bifurquez déjà vers le développement personnel… Habile : toujours un coup d'avance. Et bien sûr, vous la voulez, la place sur le trône.

— C'est fluide comme discussion. Et puis on avance à grands pas.

— C'est vrai. On avance bien.

— Vers la sortie ? Ma fin de carrière dans trente secondes ?

— Non, ce sera réglé bien avant.

— Humour d'éditeur ? — Parce que ça vous fait rire ? l'auteur ?

— Énormément. C'est très intériorisé, bien sûr, pour le moment, mais c'est fort, très fort. C'est quand même quelque chose. Je ne regrette pas d'être venu.

— Moi non plus, Jean-Yves.

— Jean-Jacques. Mais Jean-Yves est mon onzième prénom.

— Vous savez… Vous savez ? — Non. — Vous…? — Toujours pas.

— Nous n'avons pas de onzième prénom dans la famille.

— Oui, ça, je savais. — Mais nous avons trois particules.

— Deux auraient suffi. À me rassurer. Vous avez du mobilier adapté ? Parce que les gens normalement constitués en ont deux. Deux et demie ? Deux *un tiers* ? Deux un quart, en arrondissant ~~un poil~~ un peu. La vulgarité, ce sera non.

À ma mère, Michèle Sebbagh, née Nouhaud,

dont mon père a retrouvé par hasard cette lettre écrite pour nous, pour lui, pour ma sœur et pour moi plus encore :

« Philippe, mon enfant chéri,

J'ai peur de vous quitter plus tôt que je ne l'aurais voulu. Dans la vie, il y a toujours des difficultés à surmonter, des injustices à accepter...

Je sais, mon enfant chéri, que mon départ va te faire beaucoup souffrir. Surmonte vite ton chagrin et fonce vers la réussite. J'ai été longue à comprendre que tu n'étais pas apte à te couler dans les rails d'une réussite professionnelle classique, si noble fût-elle.

Par contre, jamais je n'ai mis en doute ton intelligence exceptionnelle, c'est pourquoi, je crois et j'espère de tout mon cœur que tu vas réussir dans un domaine qui est fait pour toi. »

Le détail qui change tout :

il manque « -ment basse » après « exceptionnelle ».

Pour moi, cette lettre fait partie de la vie de Simon-Parker, mais c'est de toi, Maman, cette plume qui touche à la perfection, je ne saurais me l'attribuer.

Tu avais raison : départ rapide, douleur profonde.

Les années n'auront pas suffi, tu peuples mon sommeil.

Je voulais être prof, comme toi, ça reste un regret. Léger comme la vie.

Bon, un poil plus prosaïque, mais apparemment indispensable *ici*, urgent : faut nourrir les bêtes, initialement deux chats réputés normaux, c'est-à-dire pas foncièrement antipathiques. J'ai dit « initialement ». Le pire des deux s'acharne à mordre le manche de ma brosse à dents parce que je la porte à ma bouche, là je crois que tout est dit sur le morfalisme aigu et l'absence de discernement.

En revanche, j'ignore si l'on peut terminer un livre comme ça.

Ou comme ça.

Tu sais, j'aime bien parler avec toi.

Moi, c'est Philippe, et toi, c'est Bill, j'imagine.

C'est fou. Alors, n'hésite pas. Je peux t'appeler Bil ? Un diminutif, c'est un gain de temps, ça finira par chiffrer. Salut, Bil. Ne t'en fais pas, Bil :

Les meilleurs mauvais livres sont les mauvais livres courts.

Je te laisse conclure par toi-même : C'est donc un excellent mauvais livre.

D'ailleurs, on devrait toujours commencer ses livres par :

« Bien sûr, je serai bref.

J'y veillerai personnellement. »

Bonne soirée.

Si possible.

Aude, dite Acrobis, précieuse lectrice, m'interroge :

« Les chats réputés normaux, ça existe ? »

Possible qu'elle soit un matou, alors, d'autant plus que tout porte à croire qu'elle ne possède pas de nom de famille, après six mois d'échanges écrits pluriquotidiens.

Sinon : un raton laveur ? Un lémurien l'œil vif ? Un Saint-Bernard !

Si toi aussi, tu as lu, merci mille fois, merci mille et une fois.

Si, en plus, tu poses une note, des étoiles, des mots, sur ton ressenti, merci infiniment.

Il y a aussi sebbagh@gmx.fr à ta disposition. Avec grand plaisir.